小学館文庫

蟲愛づる姫君の純潔

宮野美嘉

小学館

目次

蟲愛づる姫君の純潔

蠱毒《こどく》というものがある。
壺《つぼ》に百の毒蟲《どくむし》を入れ、喰《く》らい合わせ、殺し合わせる。
そうして残った最後の一匹は、猛毒を持つ蠱《こ》となる。
それを古《いにしえ》より蠱術《こじゅつ》といい、その術者を蠱師《こし》と呼ぶ。

序章

魁《かい》国の王都釈楼《しゃくろう》の後宮には、夏の花々が咲き乱れていた。

涼やかな色の花たちは、さほど長くはない夏を愛《め》でようと精いっぱい丈を伸ばして陽光を浴びている。

その後宮の主は、国王と深い愛によって結ばれたと噂《うわさ》される王妃である。

美しい妃の望むまま、王はこの後宮を囲む庭園を改築し、各国から集めた花々で飾り立てているという。

しかしそんな噂を裏切るかの如く、庭園には観賞用とは思えぬ地味な植物の生い茂る一角があった。その一角は、近頃勢力を伸ばしてどんどん広がっている。

そんな庭園を、二人の女官が歩いていた。

「ここがあなた方のお仕えするお妃様のお庭ですよ」

しかつめらしく言ったのは、王妃に仕える女官の筆頭で名を葉歌《ようか》という。葉歌は後ろに続く新米女官に、後宮を紹介している最中であった。

「ここがお妃様の庭園なのですか？　ずいぶんと寂しいような……あ、失礼を申しました」

新米女官は周囲の植物を見回して感想を述べ、はっと口元を押さえた。

「近頃国王陛下が後宮の庭園を改築なさって、この世のものとは思えぬほど素晴らしい庭になったと噂に聞いていたものですから……」

「この世のものとは思えない……まあ、あながち間違いじゃありませんよ」

葉歌は複雑に表情を歪《ゆが》めてちらと新米女官を見る。

「これはお妃様の毒草園ですからね」

葉歌が断言した途端、新米女官は固まった。

「驚きましたか？」

葉歌は立ち止まってくるりと振り向き、試すように探るように尋ねる。固まっていた女官ははっとして首を振った。

「い、いいえ！　我が国のお妃様が蟲師であることはもちろん存じております！　全て承知の上で後宮へ上がってきたのですから、驚いたりはしません！」

新人らしく意欲を示すように拳を固めて断言する。いささか口元が引きつっているところが健気《けなげ》であった。

「その心意気です。ではお妃様にご挨拶しましょう。ついてきてください」

葉歌は力強く頷《うなず》いて、新人を先導し再度歩き始めた。

地味な草むらをかき分けて少し進み、葉歌は探し人を見つけて足を止めた。

「お妃様、こちらでしたか」

その声に反応して振りむいたのは、一人の年若い娘である。彼女は池のほとりにしゃがみこみ、ぼんやりと水面を眺めていたらしい。魁国の王妃にして斎《さい》帝国の皇女、李玲琳《りれいりん》。十六歳の王妃は、地味な装いに身を包みながらも目を奪われるほどに美しく、王の寵愛《ちょうあい》を受けるにふさわしい女性と思われた。

夏の日差しを受けて煌《きら》めく池のほとりに、麗しい妃。一幅の絵のような光景である。

新米女官はその光景に見入った。目を奪われ、瞬《まばた》きすることも出来ない。

そして――

「ひ……ぎゃああああああああああ!!」

絶叫した。

傍らの葉歌が耳を塞いで、観念するかのごとく目を閉じた。

玲琳は驚いたように目を真ん丸くして、見知らぬ女官を見上げている。

新米女官は腰を抜かし、口をはくはくさせながら後ずさった。

彼女の視線の先――玲琳の足元には、何十四もの蛇がとぐろを巻いてうねうねと蠢《うごめ》いているのである。

その蛇たちはどれも、奇妙な色合いやありえぬ角や羽を備えていて、普通の蛇には見えない。

彼らはみな李玲琳の育てた蠱であり、蠱なのだ。

蠱師という者がいる。

百の毒蟲を喰らい合わせて最後に残った一匹を蠱とし、人を呪う術者である。

李玲琳は皇女でありながら、蠱毒の里出身の母に蠱術を仕込まれて育った蠱師であった。

「何か用事？」

玲琳は気怠《けだる》そうに女官たちを見上げて問うた。

「新しくお妃様にお仕えする女官が挨拶に参りましたわ」

「ああ、そうなの」

短く相槌《あいづち》を打ち、玲琳はふうっと息を吐く。その新米女官に何の関心も抱いていないことがありありと見て取れた。

気のない主の態度にいささか困りながらも、葉歌は腰を抜かした新人に目配せする。

「さあ、ご挨拶を」

促すが、新人は無理だと言わんばかりに涙目で首を振った。

葉歌は渋面で新人の傍に屈《かが》み、励ますように肩へ手を置いた。

「あなたの気持ちはよく分かります。目の前にあんな気持ちの悪い人がいたら悲鳴も上げたくなるでしょう。どうして自分がこんな人に仕えなければならないのかと、世を恨むのも仕方がありません。よく分かります。よく分かります！　ですが、人が生きていくには忍耐というものが必要なんです。さあ、勇気を出して！」

叱咤《しった》する葉歌を眺め、玲琳は呆《あき》れ顔になる。

「葉歌……私は今とても無礼なことを言われている気がするけれど？」

「気になさらないでくださいまし、ただの事実ですわ」

葉歌がしれっと言ったその時、とうとう新米女官は耐えきれずに立ち上がって逃げ出した。

脱兎《だっと》のごとく駆けだした女官は、しかしそこに立ちふさがった人物にぶつかってあえなく逃亡失敗となる。

「おっと……大丈夫か？」

新米女官とぶつかったのは一人の男だった。

精悍《せいかん》で体格のいい若者――玲琳の夫であり魁国の国王でもある、楊鍠牙《ようこうが》だった。

「怪我《けが》はないか？」

鍠牙はぶつかって倒れかけた女官の肩を支えて笑いかけた。

たちまち女官は自分が何故《なぜ》逃げ出したのか忘れたらしく、頬《ほお》を赤らめて鍠牙に見惚《みと》れた。

鍠牙は悲鳴を上げて逃亡しようとした女官と、蛇に囲まれた妻を順に見やり、すぐに状況を察する。

「妃の新しい女官だな？　大変だろうがよろしく頼む」

まったくどこに出しても恥ずかしくない妻想《おも》いの夫である。

新米女官はぽうっとしたまま数回頷いた。

「は、はい！　不束者《ふつつかもの》ですが精一杯務めさせていただき……」

しかし悲しいかな、女官の表情はまたしても凍り付く。彼女の視線はただ一点、鍠牙の頭上に据えられていた。そこには国王という称号をいただく男にはありえぬものがのっていたのである。通常であれば冠の一つものっていておかしくない王の頭には、巨大な黒い蜘蛛《くも》がわさわさと脚を動かしながらのっかっていた。

女官は真っ青になり――しかし悲鳴は上げなかった。彼女は悲鳴を上げる余裕すらなく、そのままばったりと後ろに倒れて気を失ってしまったのだ。

驚く鍠牙と玲琳。そして、天を仰ぐ葉歌。いつもと変わらぬ後宮の様子であった。

葉歌が倒れた新米女官を運んでゆくと、玲琳は再びぼんやりと池を眺めてため息をついた。

「どうした、姫」

鍠牙は真横にしゃがんで玲琳の視線の先を見る。そこには閃々《せんせん》と輝く水面があるだけだ。

「どうしたとは?」

玲琳は聞き返した。

「近頃物憂げに見える。何か悩み事があるのか?」

彼の察した通り、魁の王妃李玲琳は近頃様子がおかしい。

嫁いだ時から揺らがず変わらず、蟲と毒を愛してこの世を謳歌《おうか》していたはずのこの王妃が、このごろ妙に物憂げなのだ。女官たちも薄々察していることだが、玲琳がこんな風に元気をなくすのは初めてのことだった。

真剣な顔で夫に詰め寄られ、玲琳はしゃがんだまま頬杖《ほおづえ》をつき、首を捻《ひね》った。

「特に悩み事はないけれど……」

鍠牙の頭の上に手を伸ばす。そこにいた巨大な毒蜘蛛が、玲琳の手を伝って主のもとへ戻ってくる。

「何だ、姫の方へ行ってしまうのか」

鍠牙が少しがっかりしたような声を出す。

「私の蟲だもの」

この毒蜘蛛は玲琳が初めて生み出した蟲で、当然玲琳にとっては何物にも代えがたい大切な存在である。鍠牙に譲り渡した覚えはない。

「だが、この蜘蛛は姫に万一のことがあった時には俺を殺してくれる蟲だろう？　俺にとっても大事な蟲だ。なあ、お前……よろしく頼むぞ」

最後の一言を毒蜘蛛に向けて鍠牙は言った。

「姫が死んでしまったら、俺はどうやってももう生きていけないんだ。その時にはどうか俺を殺してくれよ。頼れるのはお前だけなんだからな」

この上なく真剣な顔で、毒蜘蛛に訴える。玲琳の腕に乗っている毒蜘蛛は、その言葉を理解しているのかいないのか……ただ、じっと鍠牙を見返している。

「どうやら分かってくれているようだな」

鍠牙は得意げに頷いた。

玲琳は呆れて小さく笑みをこぼす。

「相変わらず奇矯な男。私の蟲に話しかける人間など、お前くらいのものよ」

「このごろは人より蟲の方が分かり合える気がしていてな。たぶん俺はあなたよりもこの蟲たちの気持ちを理解しているはずだ」

「蟲にすがらなければ不安で生きてゆけないなんて、お前は度し難い男ねえ」

ため息まじりに評する。と、鍠牙はそんな玲琳を見て心配そうな表情を浮かべた。

「やはり調子が悪そうだな。何か困っていることでもあるのか？　庭園は改築して毒草園を広げたし、必要なものは買いそろえたばかりのはずだ。他に何が必要だ？　ほしいものがあれば何でも言うといい」

心の底から案じられ、玲琳はううんと唸《うな》った。

「いったい何なのかしら……最近、なんだか何もする気が起きないの。何をしても楽しいと思わないし、心が動かないのよ」

一体全体どういうわけなのだろうか。何をしても何を見ても色あせて感じるのは何故なのだろうか。

自分の中を覗《のぞ》いてみれば、胸の奥にぽっかり穴が空いているような気がする。ひょうひょうと乾いた風が吹いているように感じる。

飢えているような……渇いているような……感じたことのない感覚が胸の奥に巣くっている。これはいったい何なのか……

「私は病気なのかしら？」

「体の具合が悪いのか？」

「いいえ、体はどこも悪くなんかないわ」

「いつから調子が悪いんだ？」

「いつから……そうね、斎から帰ってからかしら？」

この春、玲琳は故郷の斎帝国へ初めての里帰りをした。胸の穴に気が付いたのはその後だったように思う。

「どうしてなのかしら……」

玲琳が池を眺めてため息を吐くと、鍠牙はどっかり池のほとりに胡坐《あぐら》をかいた。

「なるほどな、そういうことか……」

「何がなるほど？」

「姫、あなたは姉が恋しいんだろう」

「お姉様？」

玲琳は目をぱちくりさせる。

玲琳には血の繫《つな》がった姉が何人もいるが、玲琳が姉と認識しているのは斎帝国の女帝である李彩蘭《りさいらん》一人だけだ。

玲琳にとって最愛の……この世の誰より愛《いと》しいただ一人の姉。

「久しく姉に会っていなかったから、再会して姉への思慕が募ったんだろ」

玲琳の姉に対する思いをよく知る鍠牙はそう断じた。

なるほど……姉が恋しくて……？　……本当に？

胸の内で繰り返したその説明は、玲琳の胸に空いた穴の形にそぐわず、奇妙にずれていて居心地の悪さを感じさせた。

「そうじゃないわ。ただ……やりたいことが何もないの」

「お妃様、それってもしかして……ただ退屈してるんじゃないですか？」

突如声をかけられ、玲琳と鍠牙は同時に驚き振り返る。

倒れた新人を部屋へ送り届けた葉歌が、二人のすぐ後ろに立っていた。

「……たいくつ？」

玲琳は未知の言葉を舌で転がすように呟《つぶや》いた。

「やりたいことがなくて、何をしても楽しくないって……ただの退屈じゃないかと」

「たいくつ……退屈って、こんな気持ちなの？」

「え、私に聞かれても……」

聞き返された葉歌は困ったように眉を顰《ひそ》めた。

玲琳はあまりの衝撃にただただぽかんとしてしまった。

はてさて、今まで李玲琳の人生に、退屈などという言葉が存在したことはあっただだろうか？

日々は忙しく、やりたいこともやらねばならぬことも溢《あふ》れんばかりにあり、退屈というものを感じたことはただの一度もなかったのだ。

今だって、やることがないわけではない。暇を持て余しているわけでもない。それなのに、何だか周りにある何もかもがつまらなく感じてしまうのだ。これを人は退屈と呼ぶのか……

己の感覚に明確な名前を与えられ、玲琳は見る見るうちに混乱した。

「何故私は退屈しているの？」

答えを求めて忠実な女官を見上げる。

「ええ……？　私が知るわけないじゃないですかぁ」

葉歌は玲琳以上に戸惑って、ぶんぶんと首を振った。

「だって……おかしいわ。退屈するなんて変よ。蠱たちが傍にいて……いくらでも蠱術の研究をしてもいいと言われて……際限なく贅沢《ぜいたく》をさせてもらえて……退屈する理由なんてどこにあるの？」

斎にいた頃より今の方がずっと恵まれている。蠱たちは変わらず愛おしいし、夫は玲琳にあらゆる自由と贅沢を与えてくれる。玲琳が退屈などという病に罹《かか》る理由など、どこを探してもありはしないというのに……

わけが分からな過ぎて頭の中がぐるぐるした。

退屈とは……退屈とは……いったい何だ……？

「そんなものは錯覚だ」

と、玲琳の困惑を押さえつけるように強い声で断じたのは、傍らに座っていた鍠牙だった。

彼は突然玲琳の目を大きな手で押さえ、目に映るものを遮ってしまう。

「姫、あなたに退屈する理由なんてないはずだろう。全部錯覚だ。ただの勘違いだ。あなたは退屈などしていない」

言い聞かせるように言葉を重ねる。

嘘《うそ》だ——と、瞬間的に分かった。

顔を見ずとも確かに分かった。鍠牙は今嘘を吐いた。

彼の言葉が嘘ならば、玲琳は今確かに退屈というものを感じているのだ。

玲琳は目を覆われたまま放心する。その時だった——

「陛下！」

突然の大声が庭園に響き渡り、その声を追うように一人の男が駆けてきた。

鍠牙の手が離れ、玲琳の視界は再び眩《まぶ》しいものになる。

走ってきたのは、鍠牙の側近である姜利汪《きょうりおう》だった。いつも冷静沈着な彼がそんな風に大声を上げて走る姿など、そうそうお目にかかれるものではない。

驚きのこもる一同の視線を一身に受け、利汪は一つ大きく深呼吸し、険しい顔で鍠牙を正視した。

ただならぬものを感じたか、鍠牙は真顔で側近を見上げる。

「どうした、利汪」

「急ぎ……ご報告したいことが……」

利汪は息を切らしながら言う。

「聞こう、何だ？」

「……累《るい》姫様が見つかりました」

ぐっと声を低めて利汪は告げた。途端、鍠牙の表情が驚愕《きょうがく》のそれに変わる。

「……なんだと？」

信じられないというように聞き返した鍠牙に、利汪はぐっと拳を固めて再び言った。

「累姫様が……盗賊に襲われ死んだと思われていた累姫様が、先ほど無事に保護されたと知らせが入ったのです！」

「累姫とは誰？」

玲琳は話が理解できず問いかける。

「累は……俺の妹だ」

鍠牙は地を這《は》うような低い声で呟くように答えた。その瞬間、ぶわ……と、熱を帯びた風が吹く。

その風に頬を撫《な》でられ、玲琳は腹の奥底をぞわぞわと撫でられたような気がした。眠っていた何かが呼び覚まされるような感覚が沸き上がってきたのだった。

第一章

それから五日後の昼下がりのこと――

「聞きました？　お妃様。累姫様が王宮へ戻っていらしたそうですよ」

いささか――いや、かなり俗っぽいところのある女官の葉歌が、好奇心の見え隠れする瞳で聞いてくる。

「さあ、あまり興味はないけれど……」

夏の太陽が降り注ぐ庭園で毒草の手入れをしながら、玲琳はさほど関心のそそられぬまま答えた。

鍠牙の妹だという累。最初彼女の話を聞いた時、身の内に生じたあの感覚は何だったのか……よく分からないが、少なくとも玲琳は累という娘に対してもの思うところがあるわけではない。

葉歌は構わず話し続ける。

「なんでも、累姫様は一年前、旅の途中で盗賊に襲われて、馬車が谷底に落ちてしまったんですって。捜索した谷底には獣に喰われた死体のかけらが残っていて、貴金属は一つ残らず持ち去られていたとか。そのせいで、累姫様は亡くなったと思われていたそうですわ」

その光景を想像したのか、葉歌は自分の体を抱いて身震いした。

「けれど、本当は生きていたんです。生きて盗賊に捕らえられていたんですって！」

衝撃の事実とばかりに声を荒らげる。玲琳はさすがに少し驚いた。盗賊にさらわれた姫など、そうそういるものではない。

玲琳の気を引いたと感じたか、葉歌の瞳が輝く。

「累姫様は一年間囚《とら》われの身だったそうですわ。けれど意を決して、盗賊のもとから逃げ出して、近くの街で保護されて、ようやく王宮へ戻ってきたんだそうです。お気の毒ですわよね」

小さくため息を吐く葉歌の口調には、憐憫《れんびん》に酔いしれるような響きがあった。

「……葉歌さんは楽しんでいるのですか？」

唐突に、夏の日差しを凍《い》てつかせるような冷たい声が響いた。玲琳の傍らでせっせと野良仕事をしていた娘の声である。二十になったばかりのその娘は鍠牙の側室で、名を里里《りり》という。玲琳にとっては宿敵と言える相手であろう。虚無のような無表情を張り付け、里里は葉歌を見ていた。

問われた葉歌はたちまち狼狽《うろた》えた。

「い、いや、まさか……楽しんでなんかいませんわ。ただちょっと、噂を聞いたので気になっただけです。ええ、それだけです」

ばつが悪そうに明後日の方を向く。

玲琳は思わず葉歌に同情した。こんなにもはっきりと真実を突かれては立つ瀬があるまい。むろん葉歌は噂話を楽しんでいるに決まっているのだから。

恋の話が好きで、悲劇が好きで、野次馬《やじうま》根性の強い俗物。玲琳は、葉歌という女のそういう俗っぽさと、その裏側にあるものを愛しているのだった。

くすっと笑って、玲琳は泥まみれの手をはたいた。

「里里、お前はその累姫とやらと親しいの？」

「いいえ、私はあのお方にお会いしたことがあまりないので」

「そう……」

そこで一瞬玲琳は、累という姫から興味を失いかけた。

空虚な風が胸の中を吹き抜ける。退屈は、未《いま》だに玲琳を苛《さいな》んでいた。盗賊に捕らわれた憐《あわ》れな姫……その話を聞いても、やはり心は動かない。

「鍠牙は妹が見つかって安心しているでしょうね」

何も感じないまま、玲琳はなんとなく思いついたことを口にする。

「どうでしょうね、王様はお妃様以外の人の人生に、あまり興味はないんじゃないですか？」

葉歌が肩をすくめて言った。王と王妃の閨《ねや》を夜ごと覗いているこの女官は、鍠牙の玲琳に対する想いを知っている。その好意や執着を。もっとも――それは表面に張り付いた薄皮のようなもので、彼の内側にあるその本質を見ているわけではないだろうけれど。

「王様と累姫様の関係がどうだろうと、大した問題じゃありませんわ。王様はお妃様にぞっこんでいれば、とりあえずこの国は平和ですもの」

ちょっと得意げにそう続ける。

「その通りです。陛下はお妃様のことだけ考えていればいいのです」

と、里里が同意する。

「そうそう、累姫様がどんな姫君だろうと、王様とお妃様の仲は揺るぎませんよ。まあ私は、お二人のように奇矯な夫婦にはなりたくありませんけどね。私はもっと普通の恋をしたいんですもの」

はあっと葉歌がため息をついた。

そもそも、彼女の言う「普通の恋」とはいったい何だろうかと玲琳は首をかしげた。玲琳は恋の何たるかを知らないし、そして葉歌も――はたして普通の恋を知っているのかどうか……。もっと言えば、その隣にいる里里も……恋一つのために世界を道連れにしようとした里里も、普通の恋をしていたのだろうか？

普通の恋……何故だかこの言葉が、妙に気になった。

玲琳はかつて、馬に恋をした姉に「当たり前の恋」と言ったことがある。彼女にはその言葉が必要だったと玲琳はその時思ったのだが、ならば何をもってそれを当たり前だと断じたのかと問われれば、玲琳は自分でも理解できていない。

これが普通の恋であると、見本を見せてくれる人などどこにもいないのだから。

「普通の恋とは、いったいどこにあるのかしら？」

玲琳はしゃがんだまま膝に頬杖をついて考え込んだ。傍らの女官と側室は顔を見合わせて黙り込んでいる。すぐさま返せる言葉を、彼女たちも持ってはいないようだった。

三者三様に黙して考え込んでいると、

「お妃様！　お妃様！　どちらにおいでですか！」

急《せ》いた声が庭園に響き渡り、荒い足音をさせながら年若い男が一人走ってきた。いでたちを見るに、鍠牙に仕える臣下の一人であろう。

「ああ！　こちらにいらしたのですね。すぐにおいでください！　何とかしてください！　陛下が……！」

慌てた様子の臣下は、近づいてくるなり無礼を顧みず玲琳の腕を引いた。そしてすぐさま蒼白《そうはく》になって手をひっこめる。

「ひっ……申し訳ありません」

袖口からは小ぶりな蟲たちが数匹顔をのぞかせている。

玲琳は軽く腕を動かして蟲たちを仕舞《しま》い、立ち上がった。

「鍠牙がどうしたの？」

「ああ……すみません。狼狽えてしまいまして……いつもお優しい陛下のあのようなお姿を見たのは初めてだったものですから……」

「何があったのか、落ち着いて、話してごらん」

玲琳はゆっくりと言葉を区切って諭した。臣下はそれで少し冷静さを取り戻したらしく、数回深呼吸してもう一度口を開いた。

「陛下が……王宮医師の方々と言い争っておられるのです」

「鍠牙が？」

玲琳は怪訝《けげん》な顔をした。鍠牙は普段臣下の前で感情的に振る舞わない。自分を律して生きる彼は、自分の内側を人に見せたりしないのだ。そんな彼が医師と言い争うなど、にわかには信じられなかった。

「陛下をお静めくださいませ！」

臣下は必死に懇願する。

「……よく分からないけれど、分かったわ。とりあえず行ってみましょう」

「私もお供しましょうか？　王様がご乱心のようなら、私が後ろからぶすっとやって差し上げますよ」

葉歌が背後からこそっと不穏なことを言う。玲琳は苦笑しながら、ひらひらと追い払うような手の動きで葉歌の提案を退けた。

「ここで待っておいで」

そう言い置いて、玲琳は鍠牙のいる執務室へと向かった。

後宮と行政区は渡り廊下で繋がっており、ある程度自由に行き来ができる。魁の後宮は決して閉ざされた場所というわけではなく、男子禁制でもないのだ。

玲琳は焦る臣下の後に続いて渡り廊下を通り、行政区にある執務室へと向かう。歩きながら、いったい何が起きているのだろうかと考える。

鍠牙が人と言い争いをしている？　その本性を曝《さら》け出して？　今までならば、玲琳の前でしか見せなかった顔を曝け出して？

そこまで考え、突然胸の中が淀《よど》んだ。

　あれは玲琳のものだ。玲琳だけが見ることのできる特別な毒。この世に二つとない劇物。それをのうのうと曝しているというのか？　そう思うと、今までにあまり感じたことのない類の怒りが湧いてきた。

　自然と足が速まり、先導する臣下を突き飛ばすほどの勢いで玲琳は歩いた。

　たどり着いた執務室の扉を開け放つと、中で働いている臣下たちは玲琳を認めて緊張の面持ちに変わった。

　一番近くにいた臣下の一人が舌打ちし、玲琳を連れてきた男の胸ぐらをつかむ。

「おいお前！　なんでお妃様を連れてきたりしたんだよ！　今はまずいだろ！」

「いやだって！　他にどうすればよかったんだよ！」

「焚火《たきび》に油をぶち込もうってのか!?」

「油じゃねえよ！　濁流で押し流す作戦だよ！」

　訳が分からない上に無礼千万ないがみ合いを始めた彼らをよそに、玲琳は執務室へ足を踏み入れる。

「お、お妃様……申し訳ありませんが、今は立て込んでおりますので……」

　周囲の臣下たちが慌てて玲琳を止めようとするが、無理やり引き止めるほどには近づいてこない。彼らはみな、玲琳の衣の中に何か恐ろしいものが潜んでいるのではないかといつも恐れているのだ。そしてそれは概《おおむ》ね正しい。彼ら全員を死に至らしめて余りある毒が、この身の内には潜んでいる。

「鍠牙は今忙しいの？」

玲琳が小首をかしげたその時、執務室の最奥から大声が響いた。

「何故ですか、陛下！」

「いいかげんになさってください！　姫を死なせるおつもりか！」

数人の男たちが、王の机に手をついて声を荒らげている。人の顔を極端に覚えぬ玲琳であったが、彼らのことは知っていた。王宮に仕える医師たちである。魁の医師は中々に柔軟な考え方をする者も多く、蠱師である玲琳の蠱術に関心を示す者もいるくらいだ。そんな医師たちが鬼気迫る表情で鍠牙に詰め寄っている。

「累姫様はあなたの妹君ではありませんか！　陛下は累姫様をお助けしたいと思われぬのですか!?」

怒声をぶつけられた鍠牙は、机に着いたまま冷静に医師たちを見上げた。

「無論助けたいと思っている。大切な妹だ。だが、それと妃とは何の関わりもないことだ」

淡々と言い含める鍠牙の物言いを聞き、玲琳はぞわっと背筋が凍った。

その一言で部屋の中がしんとなる。ここまで冷静に言葉を紡ぎながら激怒することができる人間を玲琳は初めて見た。

そう——楊鍠牙は激怒していた。

　玲琳は思わず聞き入った。鍠牙が言う妃とは、まさしく玲琳のことであろう。自分のことで鍠牙が医師と言い争っている？　いったいぜんたいどんな事態かと、玲琳は耳をそばだてた。

「お妃様、できればまた後で……」

　傍にいた臣下たちは、王と医師の言い争いを聞かせまいとするみたいに玲琳を追い返そうとする。

　玲琳は己の唇に、立てた人差し指の先を当てて沈黙を促した。たちまち彼らは叱られたように息を呑《の》み、唇を引き結んだ。

　玲琳の入室に気づかぬ鍠牙と医師たちは、なおも言い争っている。

「陛下！　お妃様は蠱師であり、医師でもあるお方。お力を貸していただくに何の問題がありましょうか！」

「勘違いするな。医師はお前たちだ。この王宮のみなの体を預かっているのはお前たちだ。みなが信頼を寄せるのはお前たちだ。妃ではない」

　拒絶するように信頼を語られ、医師たちは一瞬怯《ひる》んだ。鍠牙は更に言う。

「それでも妃に頼るというなら、お前たちの存在意義は何だ？」

　ぞっとするような低い声。見上げる眼差《まなざ》しには鋭く刺すような光が宿っている。医師たちはそんな鍠牙を前に凍り付いた。

長い沈黙の末、勇気を奮い立たせた一人の医師が言う。

「そうです、医師は我々です。その我々が判断したのです。我々に累姫様をお救いすることはできません」

「そんな相手に妃が何をできると？」

「毒を以《もっ》て毒を制すと申します！　異常事態には異常なるお妃様をぶつけるほかありません！」

堂々と言い放つ医師の言葉を聞きながら、玲琳は衝撃のあまり腰を抜かしかけた。仮にも医師仲間と思っていた者たちから、そんなことを言われる羽目になるとは思ってもいなかったのだ。

「……私に何をさせようというの？」

玲琳は呆れ声で話しかける。たちまちその場の全員が振り向いた。王と医師の言い争いに見入るあまり王妃の入室に気づいていなかった一同が、玲琳の顔を見て蒼白になる。

「お妃様……!?　い、いつから……」

狼狽える一同を軽く手を上げて制し、玲琳は部屋の奥へと歩き出した。医師たちの傍まで行くと、じろりと彼らを見上げる。

「異常なる私に何か手伝えることがあるかしら？」

軽く腕組みして問いかける。

「姫、下がっていろ。……と、言っても聞きはしないだろうな」

鍠牙が座ったまま苦虫を嚙《か》み潰《つぶ》したような顔で言った。

「よく分かっているじゃないの。良い子ね」

玲琳は手を伸ばし、よしよしと彼の頭を撫でた。張り詰めていた室内の空気が、微《ほほ》笑《え》ましくも見えるその行動でわずかに緩んだ。

しかし和んでしまったことを恥じたか、医師の一人がごほんと咳払《せきばら》いしてその場の注意を引きよせる。

「お妃様、わたくしめが話をさせていただきます。お妃様は、陛下の妹君である累姫様をご存じでしょうか？」

「ええ、噂には聞いたわ。盗賊にさらわれて一年間行方知れずになっていた姫……でしょう？」

「その通りです。その累姫様が先ごろ、ようやくこの王宮へ戻ってきたのです」

「そのようね」

葉歌から聞いた話と同じだ。

「……盗賊から必死に逃げてきたらしく、体中傷だらけで、手当てを必要としています。だというのに、累姫様は全く人を寄せ付けようとなさらないのです。我々医師ですら近づけず、まともに治療ができていません。おそらく心に深い傷を負っておられるのかと……」

語る医師は両手をきつく握り合わせて歯噛《はが》みした。怒りと悔しさをにじませた表情は、彼の優しい心根を感じさせた。

「ですから我々は、お妃様におすがりしたい。累姫様の心を開かせ、手当てをして差し上げてほしいのです！」

馴染《なじ》みの医師たちに強い眼差しで乞われ、玲琳は面食らった。予想外の話だ。

「ちょっと待ちなさい。お前は私を何だと思っているの？　人の心を開かせるですって？　そんなことがこの私にできると本気で思っている？　この世のあらゆるものに厭《いと》われる蠱師——それが私。傷つき怯《おび》えた姫の心を開かせるなど、できようはずがないわ」

玲琳の胸元から黒い蛇がのぞいた。ちろちろと赤い舌が動くのを見て、その場の人々は一気に玲琳から距離をとった。

「さあ、これでもお前たちは私に動けというの？　それとも、累姫とやらは蠱病《こびょう》にでも冒されているのかしら？」

更に問う。ほぼ否定を求めたその問いかけにふさわしく、医師は首を振った。

「いいえ。験蠱法《けんこほう》を試しましたが、累姫様は蠱病に冒されてなどおりませぬ」

「ならば私にできることは何もないわ」

「ですが！　お妃様しかおりませぬ！　頑《かたく》なに閉ざされた累姫様の心の扉をぶち破る破壊力を有する医師は、この国にお妃様ただ一人でございましょう！」

断言され、玲琳はぽかんと口を開けた。褒められているのか貶《けな》されているのか……。彼らが玲琳に何を期待しているのか全く理解できない。

「……蠱術でその姫の心を操れとでも？」

「誰がそのように物騒なことを申しましたか！　常識を弁《わきま》えていただきたい！」

医師はとんでもないとばかりに言い返す。異常なるお妃様に頼っておきながら常識を弁えろとは……玲琳はさすがにムッとした。しかし医師は構わず訴える。

「とにかく！　一度、累姫様の診察をお願いしたい」

この上なく真剣な顔で詰め寄られ、玲琳は考えた。

蠱病でもない、ただ心と体に傷を負った患者……。それを救うのは蠱師の仕事ではない。自分が彼女のためにできることなど何もない。自分は助けを求める者を無条件で救いたいと欲する聖人ではない。そのことを玲琳はよく知っている。

だが、目の前の医師たちは鬼気迫る表情で玲琳に訴えかけていた。それを完全に切り捨ててしまうことにいささか憐憫を覚える程度には、玲琳も人間であった。

軽く腕組みしたまま、玲琳は挑戦的に一同を睨《にら》み上げる。

「いいわ、分かったわ。そこまで言うなら一度だけ診察しよう。ただし……私がその姫を壊してしまっても知らないわよ？」

その姫を診察したら、この身の内に巣くう退屈も少しは消えるのだろうか……

空々しい期待を胸に、玲琳はそう答えたのだった。


その日の深夜のことである。

玲琳は寝台にしどけない寝間着姿で寝そべり、何度目になるか分からないため息をついた。

「ずいぶん物憂げだな、姫」

ちょうどそこで自室に戻ってきた鍠牙が、自分の寝台に我が物顔で寝そべっている玲琳を見て言った。

この日は夜遅くまで仕事が片付かなかったらしく、夕食を共に取った後彼はまた仕事に戻っていたのだった。

玲琳は眉間にしわを寄せて鍠牙の方へ手を伸ばした。

「常識を弁えろと言われても、私の常識は蠱術を使って人を呪うこと。それが蠱師の一義だわ。それに外れたことを頼まれたから億劫《おっくう》なの」

「確かにあなたのすべきことじゃないな」

鍠牙は揶揄《やゆ》するように笑いながら近づき、伸ばされた玲琳の手を取った。

繋がれた手を玲琳が引っ張ると、鍠牙は引かれるまま寝台の端に腰かける。

玲琳は身を起こして寝台に座り、鍠牙の頭をよしよしと撫でた。

「急に何だ？」

「今日のお前がいい子だったから褒めているのよ」

面倒な頼まれごとを思ってまたため息をつきながら、玲琳は説明する。

「何だそれは。俺はいい子だったか？」

鍠牙は苦笑で聞き返した。

「ええ、いい子だったわ。お前は浮気をしなかったわね」

そこで玲琳は小さく笑う。たちまち鍠牙はきょとんとした。

「……浮気……？」

未知の言葉を告げられたかのように呆《ほう》けている。

「ええ、私はてっきり……お前が浮気をしてしまうのではないかと……」

昼間のことを思い出して、玲琳はまた鍠牙の頭を撫でた。

「俺が誰と浮気をすると？」

彼は心底訳が分からないという様子だ。

玲琳は寝台の上で膝立ちになり、突然鍠牙の顔を両手で挟むと、力任せに自分の方を向かせた。間近で向き合い、玲琳は強い目で鍠牙を射た。

「お前が、執務室にいた全員と浮気をしているのではないかと心配したのよ」

「……あなたが何を言っているのか分からないのは、俺の感受性が乏しいからか？」

「ええ、きっとそうよ」

玲琳はあの瞬間のことを思い出す。鍠牙が人前で怒りをあらわにしていると知ったあの瞬間のことを。自分だけが知っていた彼の毒を他の者たちの前に曝け出しているのではと疑ったあの瞬間のことを。

「ねえ、鍠牙……お前の毒は私のもので、他の誰かに与えてはいけないの。それは私だけのものなのよ。もしもお前があの時自分の内側にある真っ黒な毒を全部曝け出していたら……私はお前に幻滅していたかもしれないわ」

想像して可笑《おか》しくなり、玲琳は鍠牙の頰を摑《つか》んだまま笑う。

「でも杞憂《きゆう》だったわね」

臣下たちは鍠牙の怒りぶりにずいぶんと怯え、今までに見たこともないと狼狽えていたが、あんなものは彼の中に潜む毒の一端とすらいえない。それを知っているのは玲琳だけだ。他の誰にも渡さない。

「姫は……ヤキモチを焼いたのか？」

鍠牙は玲琳の手に自分の手を重ね、眉を顰めて聞いてくる。

「たぶんそうよ。私はヤキモチを焼いていたの。だけど……お前がちゃんと毒を隠していたから許すわ。いい子いい子」

玲琳は口元をほころばせて鍠牙の両の頬を撫でた。

鍠牙はしばし素直に撫でられていたが、ふと何か思いついたように口を開いた。

「……それなら姫、いい子にしていたご褒美をくれないか？」

いつもの彼らしい軽口だ。

「何が欲しいの？」

玲琳はいつもと同じくそれに乗っかって聞き返す。と、鍠牙は軽やかな笑みのまま
――

「累に会うのはやめてくれ」

そう言った。玲琳は唐突な要請に目をしばたたく。

「……それは、診察をするなということ？　お前は妹を助けたくないの？」

彼がどんな思いでそんな言葉を口にしたのか、玲琳にはよく分からなかった。

鍠牙はしばしば玲琳の行動を制限しようとするが、それはたいてい玲琳を危険から遠ざけるためで、特定の誰かに会わぬよう仕向けてきたことはあまりないように思う。

玲琳と累姫を会わせたくない理由が、いったいどこにあるのだろうかと、玲琳はにわかに興味が湧いた。

何しろこの楊鍠牙という男は、妻以外の人間と塵芥《じんかい》の区別がついているのかも怪しいくらい、他人に情を抱かないのだから。

否——と、そこで玲琳は思い至った。一人だけいる。鍠牙の感情を揺らす人間は、玲琳の他にもう一人だけいる。

彼の実の母にして先王の妃である夕蓮《ゆうれん》だ。玲琳以外の人間で、楊鍠牙の感情を強く揺さぶるのはこの世に彼女一人であろう。

もしかして……夕蓮が何か関わっているのだろうか？

厄介な頼みごとをされたものだと億劫に思っていたが、だんだん気になってきた。

そんな玲琳を見下ろし、鍠牙は渋面になった。

「姫、あなたが今考えていることを当ててやろうか？」

「それが分かっているなら、止めても無駄だということも分かっているのでしょ？」

聞き返した玲琳に、鍠牙はひきつった笑みで答える。

「ああ、分かっているさ。俺がいかに無力かということはな」

心底不愉快そうな物言いに玲琳は首をかしげた。

「もしかして、お前も一緒に行きたい？」

「そんなわけがないだろ。誰が行くか」

苦虫を噛み潰したような顔で即答され、玲琳はまた驚きに目を見張る。

玲琳を会わせたくないだけでなく、自分も妹には会いたくない。そこまで拒絶するほどの何が累姫にあるのだろうかと、玲琳はさっきまでの無関心が嘘だったかのように累姫への興味が湧いていた。

つまるところ——鍠牙の頼みは逆効果だったということだ。

「別に危ないことなどしないし、お前が嫌がることもしないわ。安心しなさい」

ポンポンと肩を叩《たた》く玲琳に、鍠牙は渋い顔で嘆息する。

この時の玲琳の言葉が真っ赤な嘘になってしまうなどと、もちろんこの時の二人は知る由もない。


翌朝、鍠牙の部屋から自室へ戻った玲琳は、女官の葉歌に出迎えられるなり急かされた。

「客人がお待ちですわ、お妃様」

「誰？」

朝から何事かと怪訝に思う玲琳を、葉歌は手早く着替えさせる。

「彪《ひょう》家のご子息だそうです」

「誰??」

玲琳は聞き返す。

葉歌はどう説明したものかしばし考えた末に、ぴっと人差し指を立てた。

「あれですよ、魁で一番お金持ちの貴族様」

俗ここに極まれりという答えである。いっそ清々《すがすが》しい。

葉歌は目をキラキラさせて話を続けた。

「実は、女官たちの間でも評判なんですよね。彪家には美形で独身のご子息が三人もいらっしゃるって！」

「あ、そうなの」

玲琳は葉歌の勢いにやや気圧《けお》された。素敵な殿方、人の恋路、噂話、醜聞……この女官はそういうものが大好物だ。そして葉歌のそういうところが、玲琳は可愛《かわい》くて仕方がない。

「その彪家のご子息様方が、お妃様を訪ねていらしたんですよ」

弾んだ声で説明されるが、玲琳には未だ事情が呑《の》み込《こ》めていない。

「だから、どうしてその彪家の子息とやらが私を訪ねてきたの？」

「それはもちろん、累姫様のことで話があるからでしょうよ。累姫様のお母上は、彪家のご出身ですもの」

そこでようやく玲琳は、なるほどと納得した。

後宮と行政区の境目に近い一室へ玲琳は案内された。

部屋へ入ると、そこには三人の若い男が待っていて、玲琳の入室に気づくと膝をついて礼をした。

魁国の後宮は男性の出入りを禁じておらず、こんな風に訪ねてくる男は今までにもあった。

「お妃様がおいでですわ。顔をおあげなさい」

さっきまでと打って変わって澄ました声で、葉歌が言う。玲琳は目の端で葉歌を見る。彼女の頬が少しばかり紅潮していることは、気づかない振りをしてあげよう。

「私に何の用かしら？」

玲琳が小首をかしげて尋ねると、男たちは顔を上げてひたと玲琳を見上げた。

「……お妃様でいらっしゃいますか？」

真ん中にいた男が不安そうに聞いてくる。

三人とも年若く、おそらくは二十歳前後であろう。上質な衣を身に纏《まと》い、全員どことなく顔立ちが似ていて血縁を感じさせる。

「そう訊《き》くお前たちは……彪家の子息と聞いたけれど」

「はい、その通りですが、今日は彪家の者として参じたわけではありません。我々は、累姫の従兄《いとこ》としてお妃様を訪ねて参りました」

その説明を聞いて、玲琳は頭の中に家系図を描いた。累姫の母親が彪家の出身だという話はさっき聞いたばかりだ。累姫は、鍠牙にとって腹違いの妹ということになる。つまりこの男たちは、累姫の母方の従兄ということか……

玲琳がそう想像したところで、想定外の言葉が後に続いた。

「同時に我々は、累姫の許嫁《いいなずけ》でもあります」

そう言ったのは、一番年上に見える優しそうな男だ。玲琳は彼らの顔も名前も覚えられる気がしなかったので、頭の中で従兄其之一と名付けた。

「累は私たちにとって、この世で最も大切な女性なんです」

次男と思《おぼ》しきノリの軽そうな男が後に続く。単なる偏見だが、どことなく遊んでいそうな雰囲気の男だ。玲琳は流れのままに従兄其之二と名付けた。

「とはいっても、全員と結婚できるわけじゃない。累を娶《めと》るのは我々のうち一人だけです」

最年少と思しき男が締めくくる。生真面目で気難しそうな印象を与える男だ。玲琳は当然のように彼を従兄其之三と名付けた。

従兄其之一、二、三を順繰りに見やり、玲琳は首を捻る。

「それで？　その従兄たちが何故私に会いに？」

その問いに答えたのは従兄其之一だった。

「累のことをお願いに参ったのです。お妃様は優れた蠱師と聞きましたので……治療のお役に立てるため、累のことをお妃様にお話ししておく必要があると思いました。この王宮の人々より、我々の方が累のことをよく知っております」

「けれど、累姫とやらの暮らしていた場所はこの後宮でしょう？　お前たちより後宮の人間の方がよく知っているのじゃないの？」

すると従兄其之一はいささか難しい顔で思案し、決然と顔を上げた。

「……遡って説明してもよろしいでしょうか？」

「いいわ」

と、玲琳は跪《ひざまず》く彼らの目の前にしゃがんだ。王妃に相応《ふさわ》しからぬその行動にぎょっとしながらも、従兄其之一は話し始めた。

「累が生まれたのは今から十四年前のことです」

遡りすぎだ。十四年の想《おも》い出《で》を全て語るつもりかこの男は……と玲琳は呆れたが、話の腰を折ることはせず黙って聞く。

「累は生まれつき体が弱く、足も少し不自由で……累を産んだ母親は娘を案じ、しばしば故郷である彪家の領地へ娘を連れて里帰りをしていました。人が多く喧騒《けんそう》のある王都を嫌い、ほとんどの時間を彪家の領地で過ごしたといっても過言ではありません。累がこの王宮で過ごした時間はそう長くないのです」

「累のことを一番知っているのは私たちなんですよ、お妃様」

従兄其之二が、兄に比べ軽やかな口調で付け足した。

「累は体が弱い。足が悪い。他国へ嫁ぐのは難しい。政治的道具にはならないと、切り捨てられた姫です。叔母上……累の母親も五年前に病で亡くなって、累は王宮から益々《ますます》縁遠くなっていました。累はいつも孤独で、寂しがっていた。そんな累を守ってきたのは私たちです」

軽薄な雰囲気に似合わぬ強い口調で断じる。

「累がさらわれたのは一年前でした」

そこで従兄其之一が話の筋を元に戻した。

「累と我らの父が二人で王宮を訪ね、帰るその道すがら……山道を走っている時、馬車が盗賊に襲われたと聞いています。馬車は谷底に落ち、父も累も死んだと聞かされました。馬車が見つかった時、遺体は獣に喰われていて人の形を留《とど》めていなかったと……金目のものはすべて奪われていて、盗賊に盗《と》られたのだと分かりました。盗賊から逃げ延びた御者たちの証言です」

従兄たちは同時に苦渋の表情を浮かべた。

「……累は死んだのだと思っていました。この一年間、私たちは生きる気力を失っていました。その累が……生きて王都へ戻ってきたと知らせを受けたのです。我々はすぐさま領地から王都へ飛んできました、夢を見ているような心地で……。しかし、累は我々に会ってくれません。聞けば、他の誰も寄せ付けようとしないと……。人を拒み、治療を拒み、日に日に衰弱していると聞いています。元々体の弱い子ですから、これ以上弱れば命にかかわりかねない。こんなにも傷つき怯えているとは、どれほど恐ろしい目に遭ったのか……」

従兄其之一はぎりぎりと歯を噛《か》みしめた。

「正直、一帯の山を焼き払って盗賊たちを皆殺しにしてやりたい思いです」

兄の後を引き取って発言したのは、黙っていた従兄其之三だ。

「累をさらい、酷《ひど》い目に遭わせ、傷つけた。殺すに足る理由だ」

ぞっとするようなその声には、深い怒りが込められている。

玲琳は三人を順繰りに見やり、聞いた。

「お前たちは……累姫を愛しているのね」

率直な問いかけに、従兄其之一がやおら頷く。

「無論です。父が亡くなり、一年が経《た》った。彪家の新しい当主を決めねばなりません。我々三人のうち、累を娶った者が新たな当主となります」

「当主になるため、累姫を娶りたいの？」

「逆ですよ」

軽い口調で答えたのは従兄其之二だ。

「累を娶るために彪家を継ぐんです。当主の座はおまけですよ。累が盗賊たちに何をされていようと、私たちのその気持ちは変わらない。彼女の心が純潔であることを信じている。そのことを、累に伝えてほしいんです」

真剣な顔で乞われ、一考する。

累という姫がどういう環境で育ったのか、どんな目に遭ったのか、そのことにはさして興味を抱かなかった。玲琳が気になったのはただ一つ、そういう育ち方をした姫を、何故鍠牙が玲琳に会わせまいとしているのかということだけだ。

考えた末に答えを出す。

「分かったわ。今の言葉を累姫に伝えましょう」

そう応じて、玲琳はすっくと立ちあがった。


累が現在寝起きしている部屋は、後宮の中でも人の行き来が少ない静かな北側の一角であるという。

従兄三人組の訪れを受けたその日のうちに、玲琳は医師たちによって累のもとに案内された。部屋に入ろうとしたところで――

「お妃様、相手は体が弱くて臆病で傷ついている深窓のお姫様ですからね」

後ろに付き従って何やら玲琳を監視している葉歌が、念を押すように言った。

「分かっているわよ。……というか、どういう意味？」

「いきなり喧嘩《けんか》を売ったり、蟲をけしかけたり、毒殺したりしないでくださいよってことですよ」

「お前は私をどういう人間だと思っているのかしら」

玲琳はじろりと背後を睨み、葉歌の至極真面目な顔を見てため息をついた。

「ただ診察をするだけよ。怪我しただけの患者に私ができることなどないでしょうけれど」

やる気なさそうにふんと鼻を鳴らす。

夏の日は傾き、そろそろ山の端に消えようかという時分だ。やや赤みを帯びた空気の中、玲琳は累姫がいるという部屋に足を踏み入れる。

簡素な部屋だった。この国の部屋はどこもたいがい飾りけがないが、ここはとりわけ簡潔に設《しつら》えられている。余計なものを患者の目に入れまいとするかのようだ。

北向きの部屋に西日が入る様子はなく、室内は薄暗い。目に入ったのは戸棚が一つと椅子が一つ、そして寝台が一つ。その寝台に、一人の少女が座っている。

少女は頭から布団をかぶり、膝を抱えてこの世を拒むかのような格好をしていた。

「累姫様、お妃様がお見舞いに来てくださいました」

玲琳をここまで案内してきた医師が囁《ささや》くような声で告げた。吹けば消えてしまう儚《はかな》い何かを前にしているかのようだった。

寝台の少女――累はしかし医師の声に全く反応しなかった。医師は困り果てたように口を噤《つぐ》み、玲琳に道を譲って部屋の端へと下がった。

さてどうしたものかと玲琳は思案する。無言で俯《うつむ》き続けている累をじっと観察する。あまりに重苦しい沈黙が部屋に満ちたが、玲琳はその重みをものともせず、距離をとったまま累を見つめ続けた。

ずいぶんと小さい少女だ。十四歳と聞いたが、全体的に大柄な魁の女人にしては、いささか小柄に思われた。

こちらを向こうとしないその顔は、滅多《めった》にお目にかかれぬ異常な整い方をしていた。布団をかぶっていてもその美しさがはっきりと分かる。もっとも、玲琳は人の美醜に関心がないのだが……

そこで、俯いていた累が気だるげに顔を上げた。ゆっくりとこちらを向く。どうやら自分たちがここに入ってきたことはきちんと認識していたようだ。

目を合わせたその瞬間、玲琳は弾かれたような衝撃を感じた。

今までに感じたことがない類の圧力。

少女の苛烈な瞳が玲琳を射貫いている。

こちらの内側を奥底まで覗《のぞ》き込《こ》み、侵略せしめようという強烈な意志を感じる。

まるで炎を凝縮して人の形にしたかのようだ。触れたら火傷《やけど》をしてしまいそうな熱と圧が、小さな少女の体から放たれていた。

これが怯えている姫君？　そんな風にはとても見えない。

こんなにも強烈な圧力を有する人間を、玲琳は見たことがなかった。

玲琳が累に見入っていたその時――

「……え!?　……夕蓮様？」

背後に立っていた葉歌が突然声を上げた。

振り返ると、葉歌は驚愕の表情で累を凝視している。

「夕蓮？　夕蓮がどこにいるの」

玲琳は辺りを見回したが、今ここにいる以外の人間は見つからない。

夕蓮というのは、鍠牙の母であり先王の妃であった女の名だ。

なぜか葉歌は、その女の名を呼びながら累を見ていた。

「お妃様、分からないんですか？」

葉歌は信じられないというように玲琳の袖を引いた。

「何が？　夕蓮が何だというの？」

本気で意味が分からず、玲琳は戸惑う。

理解を示さぬ玲琳に業を煮やし、葉歌は破れるほどの強さで玲琳の袖を再び引いた。

「この姫君……夕蓮様に顔が瓜二つ《うりふた》じゃないですか！」

「…………はぁ？」

素っ頓狂な声を上げて、玲琳は再び累を見た。そこに座る少女をまじまじと見つめ、首を捻り、はっきりと答えた。

「少しも似ていないわよ」

どこからどう見たところで、この少女と夕蓮の共通点は見いだせない。全く違う人間にしか見えなかった。

途端、累の放つ気配が変わった。無言で探るように玲琳を見つめている。

「……おかしな女」

唐突に累は呟いた。玲琳はムッとして眉根を寄せた。

おかしな女とか変人とか気持ち悪いとか異常者とか……色々言われるのには慣れているが、初対面の第一声でそう言われるのは甚だ不本意である。

玲琳が累を睨み返していると、傍らの医師が間を取り持つかの如く累に近づいた。

「累姫様、お妃様は医師でいらっしゃいます。累姫様の診察をするため、ここまで来てくださったのですよ。どうか安心なさって……」

彼は優しく諭しながら、累がかぶる布団をはぎ取ろうと手を伸ばした。途端——累は医師の手を叩き落とした。獣の爪のように指先を曲げて医師の手を思い切り引《ひ》っ掻《か》きながら払ったのである。

医師は顔をしかめて手を引いた。彼の手は累の爪で皮をこそげ取られ、三本の筋を作ってじわじわと血を滲《にじ》ませた。

「触るな下衆が」

累はゴミを見るような目で医師を睨んだ。

「誰がお前などに触ることを許した。肥溜《こえだ》め臭い手で勝手に触れるな、下郎。お前たちのような蛆虫《うじむし》が周りをうろちょろしているだけで不快になるのよ。今すぐ腐り落ちて消えろ」

一息もつかず悪口雑言の限りを尽くす少女を、一同は呆気《あっけ》に取られて注視する。

「え……と、あの……累姫様というのは病弱な深窓の令嬢では？　その……もしや人違い？　あれが累姫様なんてことは……ないですよね」

背後に控えている葉歌がぼそぼそと戸惑いを口にした。

「……いえ、この方が間違いなく累姫様です」

傷を負った医師が苦い顔で答えた。

「ですからお妃様に診察をお願いしたのですよ。毒には……毒を！」

「えええええ……」

葉歌は何かがガラガラと崩れてゆくような声を上げた。きっと、頭の中で思い描いていた病弱な深窓の令嬢の姿が崩れた音だろう。

累はじろりと、炎のような目で葉歌を睨んだ。

「文句があるならはっきり言ってごらん。言い終わる前にその薄汚い面をドブに沈めてやるから。お前のごとき女豚に値踏みされる覚えはないのよ。そこら辺の野良犬とでも交尾していればいいわ」

敵意をむき出しにされ、葉歌は完全に放心する。

一方玲琳も、驚きをもって累を観察していた。

斎の皇女李玲琳は、大陸随一の大帝国に生まれた皇女である。正真正銘の箱入りお嬢様である。幼い頃から姉たちに嫌われ、罵詈雑言《ばりぞうごん》を浴びせられ、暴力を振るわれたことすらあったが、その姉たちも玲琳以上の箱入りお嬢様だったのである。つまり、罵詈雑言といってもそこには育ちの良さがあった。

ゆえに玲琳は、ここまで口の悪い人間というものに今まで接したことがなかった。

一同が唖然《あぜん》として言葉を失っていると、

「我々も部屋に入ってよろしいでしょうか？」

開いたままになっていた部屋の入り口から、三人の男が顔をのぞかせた。

累の従兄であり許嫁でもあるという、従兄其之一、二、三だ。累を案じる彼らは、ずっと王宮に留まっていたのである。

「え、あ……どうぞ」

ほとんど頭の回っていない様子で、葉歌が反射的に答えていた。

従兄たちは表情をぱっと明るくし、連れ立って部屋へと入ってくる。

「累……！　よく無事で」泣き出しそうな従兄其之一。

「本当に君なんだね。会いたかったよ」歓喜の表情を浮かべる従兄其之二。

「どうして治療をきちんと受けないんだ」怒りを見せる従兄其之三。

三人は玲琳たちを押しのけて、累の座る寝台に駆け寄った。

死んだと思われていた姫と、その許嫁の再会。目の前で感動的な一場面が繰り広げられようとしている。が——彼らが近づいたその時、累は寝台の傍に立ててあった杖を摑んで振りかぶった。

「誰が勝手に入っていいと言った!!」

雷のような怒号を飛ばし、華奢《きゃしゃ》な少女は杖で従兄たちを殴りつけた。

殴られた従兄其之一と其之二はぎゃと声を上げて床にひれ伏し、従兄其之三だけがさっと杖をかわす。

累は蹲《うずくま》る従兄其之一と其之二を、更に杖で打ち据えた。

「お座りして待つことも出来ないの！　この駄犬ども！」

「すまない累！　怒りを鎮めてくれ！」

従兄其之一はひれ伏したまま懇願する。しかし累は許さない。

「犬は犬らしく這いつくばって、私の足でも舐《な》めていればいいのよ」

累は寝台から足を出して、床に座る従兄其之二の顔面を踏んだ。

「ああ……分かっているよ、累。君が望むならなんでもするよ」

そう言って、従兄其之二は陶酔したように累の脚を撫で、つま先に口づける。累はそんな従兄其之二の顔面をもう一度丁寧に踏みつけた。

「分かればいいのよ。役立たずの駄犬は私の言うことだけ聞いていろ」

「勿論《もちろん》だ。さあ、累。何でも言ってくれ」

「出ていきなさいよ、今すぐに。その醜い顔面を私の前に晒《さら》すな。消え失せろ」

累の見下すような命令に、従兄其之一と其之二は従いかけたが、攻撃を避けた従兄其之三だけは異を唱えた。

「累、俺たちが出ていくのはいい。だが、治療はきちんと受けるんだ。俺たちが君をどれだけ心配していたか分かってるのか」

厳しい顔で累を見据える。しかし、その言葉もやはり累には届かなかった。

「私は消えろと言っているわ。何度も言わせるな、虫けら」

取り付く島もなく切って捨てられ、従兄たちはもう何も言うことができなくなる。

「……分かったよ。君がそう望むなら」

彼らは全員立ち上がり、力なく部屋から出ていった。

残された玲琳と葉歌は、たった今目の前で起きた光景に呆然《ぼうぜん》とし、反応できずに佇《たたず》むばかりである。

「今のは……いったい何なんですか？」

放心しながら葉歌が小声で呟く。

「どういう……倒錯趣味？　嗜虐《しぎゃく》趣味？　被虐趣味？　……変態？」

「あれが……累姫という姫です」

医師が疲れ切ったように答える。累に聞こえぬよう声を低め、玲琳と葉歌にだけ聞こえるように。

「幼い頃からこういう姫なのです」

「信じられない！　このように傍若無人な姫君は、斎でも見たことがありませんわ。よくもまあ、こんな姫の診察をお妃様にさせようだなんて……」

抗議の声が少し大きくなり、葉歌ははっとして累を見た。累は相手を焼き殺すような目で葉歌を見据えていた。

「言いたいことがあるのならはっきり言えと言ってるわ。お前の頭にはゴミでも詰まってるの？　ゴミならゴミらしく、地べたに転がって蛆虫でもたからせてろ」

あまりの暴言に、葉歌は何も言い返すことができず棒立ちになっている。暴言が酷すぎて怒りすら湧いていない様子だった。

玲琳も同じくらい驚いていたが、驚きすぎて思わず呟いていた。

「お前は下品な女ねえ……」

基本的に慇懃無礼《いんぎんぶれい》な姉たちばかり見てきた玲琳からすると、新鮮なほどの品のなさ。いっそ感心してしまう。

すると累は玲琳に視線を定め、華奢な手を持ち上げて手招きした。横柄な態度だったが、不思議と嫌な感じがしない。

「何？」

聞きながら近づいたその時、累は突然さらりと流れる玲琳の髪を摑んだ。強く引かれ、痛みに耐えかねた玲琳は寝台の上に倒れこむ。

玲琳の髪を摑んだまま、累は覆いかぶさるような格好で玲琳を見下ろした。

「……初めまして、姉様」

生まれて初めての呼び方をされ、玲琳は面食らった。斎にも魁にも玲琳を姉と呼ぶ者は皆無だからだ。

寝台に倒れたまま、ぽかんとしながら累を見上げる。

炎を閉じ込めた累の目が、玲琳を凝視している。

「私に会いに来たんでしょ？　何の用？」

「……お前の診察を頼まれたのよ」

「診察も治療もいらないわ。必要ない。糞《くそ》の役にも立たない医術なんて、肥溜めにでも捨てればいい」

吐き捨てるような言葉と共に目が合った。瞬間、累のその瞳が何か訴えてきたような気がした。

「お前はずいぶん弱っていると聞いたわ。それなのに何故治療を拒むの？」

玲琳は押し倒された姿勢のまま聞いた。

「気持ちが悪いからに決まってるわ」

累は苦虫を嚙み潰したような表情で即答。その瞳はまた、玲琳に何かを訴えてくる。

「人に触られるのは嫌い。声を聞くのも嫌い。泥酔した男が廊下の端に吐いたゲロと同じくらい不快だわ」

嫌悪の眼差しで見下ろされ、玲琳は自分が道端のゲロになったような気持ちがした。

「どいつもこいつも気持ち悪い……全員死ね!!」

「いいわよ」

玲琳は思わずそう答えていた。

「お前を助けてあげるわ」

「……は？」

累は何を言われたのか分からないという風にぽかんとした。

玲琳は自分が何を言ったのか頭の中で反芻《はんすう》し、同じくぽかんとした。

「あら……間違ったかしら？　なんだか……お前に助けてと言われているような気がしたのよ」

途端、玲琳を見下ろす累の瞳が揺らいだ。

「ああ……だけど勘違いしないでちょうだい。私はお人好《ひとよ》しじゃないから、無条件で人を助けたりはしないわ。私は私が気に入った者しか助けないの」

玲琳が気に入った者……それはすなわち毒に冒された者。肉の体ではなく、その心の内側を毒で占領された者も、玲琳の目にはこの上なく甘美に映るのだ。

「お前のことが気に入ったわ」

玲琳はにこやかに笑ってみせた。累の表情には、たちまち警戒の色が宿る。

「……私が夕蓮様に似ているから？」

言われて玲琳は、もう一度累の顔をまじまじと見上げた。しかしいくら見ても答えは変わらない。

「お前と夕蓮は似ても似つかないわ。むしろ……真逆よ」

夕蓮という女の本質は、人の愛情を引き寄せる底なしの引力である。玲琳はそう思っている。あれはそういう化け物だ。

対する目の前の少女は、他者を拒み圧倒する。それは夕蓮と真逆の気質である。

「お前は……まるで焔《ほむら》のような女だわ」

「……見目形《みめかたち》の話？」

「そんなものには興味ないわよ」

断言する玲琳に、累は目をぱちくりさせた。年相応のあどけない表情が、本気で驚いていることを伝えてきた。

累はしばしあどけない顔で玲琳を見下ろし、ぐいと玲琳の髪を引いた。

「姉様は蠱師なんですって？」

「……ええ、そうよ」

「人を呪い殺すことができる？」

「できるわ」

はっきりとした、しかし冷静なその答えを聞き、累は唇を引き結んだ。

彼女はしばしそのまま無言でじっとしていたが、ややあって口を開いた。

「姉様……あなたにお願いがあるの」

触れたら火傷しそうなほどの熱を帯びた瞳と声で、少女は言った。

「何？」

「人の殺し方を教えて」

玲琳は一瞬意味を測りかね、すぐに理解してぞくりとした。

その言葉の孕《はら》む甘美な毒に……蠱師としての矜持《きょうじ》をくすぐられるその言葉に……自分こそが呪われてしまったかのような錯覚に陥ったのだ。


楊鍠牙という男について、玲琳はこの世で一番知っていると自負している。

ゆえに、その夜彼の機嫌が酷く悪いということも一目で分かるのだった。

「何が気に入らないの？」

半ば答えを分かっていて玲琳は聞いた。寝間着に着替えた玲琳はいつも通り彼の寝台で寝転がっている。

鍠牙は寝台の端に腰かけて肩をすくめた。

「別に何も。姫の勘違いだろう」

「私がお前を見誤ると思う？」

「その聞き方は狡《ずる》いな」

と、彼は不満そうに鼻を鳴らした。

「あなたはいつだって誰より俺を理解している——そう答えるしかない」

正直に答えられ、玲琳は口元をほころばせる。

「今日、累に会ったわ」

寝転がったまま頬杖をついて鍠牙を見上げた。寝台の端に腰かけた鍠牙は横目で玲琳を見やる。

「そうか、仲良くやってくれ」

「どうしてお前があの子を嫌っているのか、よく分かったわよ」

「別に嫌ってはいないがな」

鍠牙はどこまでも誤魔化《ごまか》そうとするが、玲琳はそんな誤魔化しを無視して言葉を繋いだ。

「似ているからでしょう？」

うっすらと笑う玲琳に、鍠牙は嘘くさい笑みを返す。

「誰に似ていようが面の皮一枚のことだろう。大した問題じゃないさ」

「だけどお前は耐えられなかったのでしょ。あまりにも似ているから、どうしたって愛せなかったのでしょ」

核心をつく玲琳に、鍠牙は言葉を返さなかった。返せなかったのかもしれないし、無駄だと思っただけかもしれない。彼は自分の嘘が妻に通じないことを知っている。

「だからごめんね。私はあの子を気に入ってしまったわ」

にっこり笑ってはっきり言った玲琳に、鍠牙はもう心中を隠すことなく嫌そうな顔をした。

「……だろうな」

初めから分かっていたと言わんばかりだ。

「あなたは累を気に入るだろうと思った」

「だから会わせたくなかった？」

「それもある。俺はあなたを誰とも共有したくない」

明確な独占欲を見せられ、玲琳は可笑しくなってまた笑った。こんな風に言われたら、機嫌を取りたくなるではないか。

「お前は本当に……度し難い男ねえ……お前を救える者などこの世にいないわ。お前は死ぬまでずっと痛みを抱えて苦しみ続けるのよ」

玲琳は彼の望む呪いの言葉を吐く。彼が望むものを、玲琳は誰より知っている。救われることを望まず……自分を苛む痛みだけを求め続けている……そうしなければ生きてゆけない、自罰の極致たる愚かな男。

玲琳は彼の蠱師として、最も必要なものを与えるのだ。

自分が今玲琳に苦い蜜を与えられたと、鍠牙はすぐさま感じ取ったことだろう。不愉快そうな表情をわずかに緩め、寝そべる玲琳に覆いかぶさる形で寝台に手をついた。

「姫、あなたを抱きしめてもいいな？」

いいか？　ではなく、いいな？　と聞かれたことが愉快で、玲琳は微笑した。

「許すわ。いい子のお前には薬をあげなくてはね」

答えると同時に玲琳は鍠牙の重みで容赦なくつぶされ、ぐえっと呻《うめ》く羽目になる。

呻きながら、心の中にある冷静な部分が自分を観察していた。

いつものやり取り……いつもの光景……なのに、やはり玲琳の心の中には空虚な穴が空き続けて、ひょうひょうと風が鳴っているのだ。

第二章

「ねえ、あの話を聞いた？」

「お妃様と累姫様のことでしょう？　もちろん聞いたわ」

魁の後宮に勤める女官たちが、顔を突き合わせて噂話に花を咲かせていた。

「お妃様が、あの累姫様を手なずけたって」

「ええ、本当にびっくりよ。あの気難しい累姫様を……」

「ね!?　あの気難しくて癇癪《かんしゃく》持ちで口汚い累姫様をよ！」

「さすがはお妃様よね。変わり者の世界にも序列ってのがあるのかしら？　自分以上のアレな人がいたと知って、累姫様も従ったのよ」

女官たちが廊下でわいわい騒いでいると、噂に引かれてきたのか当人たちが姿を現す。女官たちはいっせいに口を噤む。

魁の王妃である李玲琳が、いつもよりゆっくり歩いてくる。その後ろを、王女の累が歩いていた。

生まれつき足を引きずっている累は、杖を突いてゆっくりゆっくり歩みを進めていた。玲琳はそれに合わせてのんびり歩いている。

玲琳が累と初めて顔を合わせてから五日が経っていた。

初対面の日以来、累は玲琳の診察と治療だけを受け入れるようになったのである。人に心を許さぬ今までの累を知る者からすれば、にわかには信じがたい光景で、もしや蠱術で心を操っているのではないか……などと噂する者もいるほどだ。

「姉様、疲れたわ。私をおぶって」

累が玲琳の袖を引いた。

「無理よ」

「じゃあ手を引いて」

「余計歩きにくくなるわ」

「少しは私の機嫌を取ったらどうなの、姉様」

「面倒くさいから嫌よ」

くっくと玲琳は笑った。累は酷く不機嫌な顔になる。

「役立たず。人を呪うしか能のない下劣な蠱師のくせに」

「ええ、そうよ。私は人を呪うことしかできないの。そういう女にそれ以上を求めるお前が悪いのよ。お前の頭が悪いということよ」

「そういう姉様は性格が悪いんだわ」

「私の性格は別に悪くないと思うけれど、これ以上を要求するならお前にはもう何もあげないわ。私が人に歩調を合わせるなどということは滅多にないのだと理解しなさい。私は今、お前を特別に贔屓《ひいき》してやっているわよ」

「全然足りないわ。もっとちょうだい」

「欲張りな妹ねえ。仕方がないから、裾だけあげるわ」

玲琳は苦笑まじりにひらりと裾を翻した。すると累はおとなしくその裾を握る。

玲琳は満足げににんまりと笑い、また前を向いてゆっくりと歩き出す。その裾を握る累が同じ歩調で続く。

二人の様子を眺めていた女官たちは、感嘆の吐息を漏らした。

「……虎と虎は仲良くなれるのかもしれないわね」

「そうね、自然の摂理を見た気がするわね」

二人がそんな女官たちの横を通り過ぎたところで、後ろから足早に追いかけてきた人影があった。

三人の若い男――累の従兄たちである。

彼らは顔一面に喜色を浮かべて少女に駆け寄った。

「累！　やっと歩けるようになったんだね」

従兄其之二が嬉《うれ》しそうに声を上げた。

「けれどずいぶん大変そうだ、私が運ぼう」

優雅な所作でさっと手を出す。

斎帝国の姫たちの間で流行しているとかいう恋物語の一場面なら、姫はうっとりとその手を取ったことだろう。何しろ従兄たちは全員見目形の整った王子然とした男たちだ。しかし累は差し出されたその手を睥睨《へいげい》し、倒れぬよう玲琳の肩をつかんで杖を振りかぶった。

「誰が私の前を塞いでいいと言った」

冷たく言い捨て、累は杖で従兄其之二を殴った。

「ああ……すまない。邪魔をしてしまったね」

従兄其之二は殴られた頬をさすりながら、微苦笑を浮かべる。

「だけど、累。あまり無理をするのは良くない」

今度は従兄其之一が言う。

心配そうな言葉に、累は美しい顔を歪《ゆが》めて少し考え――

「……馬の背になら乗ってもいいわ」

などと言い出した。

「で？　私の馬はどこ？」

この世の全てを見下すような瞳が、三人の従兄たちを順繰りに見やる。

「……やっぱり一人で歩くのが辛いんだろう？　それなら私が馬になろう。背負って部屋まで送り届けるよ」

従兄其之一がそう答え、しゃがんで背を向ける。

「馬は四つ足で歩くものよ」

「それなら私が馬になろう」

従兄其之二がためらいなくその場で四つん這《ば》いになる。

「惨めな駄馬ね」

累はふんと鼻で笑った。そして、立ったままでいる従兄其之三に視線を送る。

「お前は？　私の馬かしら？」

挑発するように問いかける。

従兄其之三は険しい顔で累を見返し、軽く首を振った。

「君の望みは何でも叶《かな》えてやりたいが、本当にこれが君のやりたいことか？」

途端、累は表情を怒りに歪めた。

「お前……私に説教するつもり？」

「俺はただ、君に美しく誇り高い姫であってほしいと願っているだけだ」

「……黙りなさいよ」

累の拳がきつく握られ、ぶるぶると震える。

「黙らない。君が大事だから言っているんだ」

「黙れと言ってる!!」

累は激昂《げきこう》し、再び杖を振りかぶった。しかしその杖を振り下ろす直前、遠くから足音が聞こえて彼女ははっとしたように振り返った。

廊下の向こうから歩いてくる男の姿があった。彼女の兄、楊鍠牙である。従兄たちも王の姿に気づいてたちまち口を噤んだ。

鍠牙は黙りこくった一同の傍まで歩いてくると、呆れたように言った。

「何を遊んでいるんだ」

三人の従兄たちはすぐさま礼をし、累は冷ややかに兄を見上げた。

「ごきげんよう、兄様」

「累、あまり騒ぐな。皆が驚くだろう？　それにお前はまだ傷も癒えていないのだから、部屋で休んでいた方がいいな」

鍠牙はにこりと優しく笑いかける。

「……何故私があなたの言うことを聞かなくちゃならないの？」

「皆を困らせるなと言っているだけだ」

「はっ！　馬鹿げてる。クズを思いやったところで砂金に生まれ変わったりはしないわ、クズはクズのままよ。くだらない思いやりを見せるあなたの頭の中も腐ってるんでしょうね」

「累」

妹の名を呼ぶ鍠牙の表情がにわかに険しくなる。

しかし累は、まるで怯むことなく嘲笑を返した。

「何？　兄様。私が気に入らないなら、邪魔なら、害悪になると思うなら、さっさと殺せばいいのよ。今すぐ殺せ」

鍠牙は険しい顔のまま妹を見据える。痛いほどに張り詰めた緊張感。

それを破って、従兄其之三が累の前へ出た。鍠牙の視線から累をその背に隠すかのごとく立ちはだかる。

「申し訳ありません、陛下。妹姫をお許しください。私どもが甘やかして育てました。お怒りならば我々をご処断ください」

「その通りです、陛下。妹姫に罪はありません」

「罰なら我々が」

彼らは、従妹《いとこ》であり許嫁でもある少女を必死に庇《かば》った。

「……お前たちを処分するつもりはない。妹を想ってくれてありがたく思う」

鍠牙は険しい表情を解いて優しく言った。三人の従兄たちは同時にほっと体の力を抜く。

その姿を見て、累はぎりと唇を噛んだ。憎々しげに鍠牙を見上げて一言——

「っ……偽善者め！」

吐き捨てると、累は兄に向けて杖を振りかぶった。王に向けられたその杖を見て、従兄たちは蒼白になる。けれど、その杖が鍠牙を打ち据える前に、

「累、おやめ」

玲琳が涼やかな声で少女を制止した。ずっと玲琳の肩をつかんでいた累は、たちまち吹雪でも浴びせかけられたかのように凍り付いた。

ややあって、彼女はゆっくりと玲琳の方を振り返った。

「それは私のものよ。傷をつける権利を私はお前に与えていないし、これから先も与えない」

玲琳はごく平坦《へいたん》な口調で少女を諭した。そうして真っ向から累を見据える。強い眼差しで射貫かれ、焔のような少女の瞳がかすかに揺らいだ。

「姉様……怒ったの？」

今までの激昂ぶりが嘘だったかのような静けさで問う。しかし玲琳はそれに答えず、ただ黙って累を見据え続ける。その視線を受けることに耐えかねたか、あるいは不貞《ふて》腐《くさ》れたか……累はぽつりと零《こぼ》した。

「…………ごめんなさい」

消え入るようなその声が耳に届くと、鍠牙と従兄たちは同時に愕然《がくぜん》とした。

「なっ……累が……謝った……だと？」

従兄たちは驚愕に震える。

そんな馬鹿なと言いたげに、口をはくはくさせていた。

累はそんな男たちを無視して、玲琳の顔を上目遣いに見上げる。玲琳の心の内を覗き込もうとするかのような瞳。

玲琳は首を軽く傾けてにこりと笑った。

「分かったならいいわ」

「もう怒らない？」

真似《まね》するように首をかしげて聞かれ、玲琳は大きく頷いた。

「私の言うことを守るならね」

「……姉様の言うことを素直に聞く妹でいてほしい？」

一瞬累の語調が変わり、試すように聞かれる。玲琳はその言葉を頭の中で反芻し、首を捻った。

「いいえ。私はお前を支配することに興味がないし、人が人を思い通りに動かせるなど、幻想だからね。お前の所有者はお前なのだから、我《わ》が儘《まま》に振る舞えばいいのよ。

その結果生じた全てのことに責任を持たなければならないけれど」

累は玲琳の言葉を瞬きもせずに受け止め、一つ頷く。

「そう……分かったわ」

と、彼女は突然持っていた杖を投げ捨てた。杖が音を立てて廊下に落ちると同時に、累は玲琳の首に抱きついてくる。玲琳はその重みによろめいて姿勢を崩しながらも、何とか累の体を受け止めた。

「お前、危ない……」

文句を言う玲琳に、累はすりっと頬ずりした。柔らかく滑らかな頬の感触。猫のような仕草に、玲琳はきょとんとする。

累はゆっくりと玲琳から顔を離し、ほんのり甘い笑みを浮かべた。そして――力任せに玲琳の胸を殴った。その痛みに玲琳は顔をしかめる。

「姉様……私、あなたのような女は反吐《へど》が出るほど嫌い」

累の蠱惑的《こわくてき》な瞳が三日月のように細められる。

「だけど……もう兄様を殴らないことにする。代わりにあなたを殴るわ」

そう言って、累はまた玲琳に抱きついた。

「……あ、そう」

何が起きたのか今ひとつピンとこず、玲琳は間の抜けた返事をする。

そこで不意に背筋が寒くなるような気配を感じ、玲琳は累をまとわりつかせたままばっと振り向いた。

鋥牙が腕組みし、にこやかに二人の姿を見ている。妻と妹の抱擁を微笑ましく眺める夫の顔をしている。その優しい微笑みを見て、玲琳は真夏から一転、極寒の地に放り込まれた心地がした。


その翌日、累が彪家の領地へ療養に向かうことが決まった。

三人の従兄たちが、累を領地へ連れ帰りたいと進言したのだという。

「お前が決めたの？」

玲琳は燦燦《さんさん》と太陽の降り注ぐ真昼の毒草園で蟲たちの世話をしながら聞いた。

休憩のために後宮へ戻っていた鍠牙は、傍の岩に腰かけて頬杖をついている。

いつも畑仕事を手伝っている葉歌と里里は、気を遣って座を外していた。

「別に俺が決めたわけじゃないがな」

鍠牙は軽やかに答えたが、それが全てではないことなど容易に想像がつく。

「でも、許可したのはお前ね？」

「累にはここより、慣れ親しんだ彪家の領地が合っているだろう」

鍠牙はしれっと言い返す。

「そんなに累が嫌い？」

「嫌いなわけがないさ。大事な妹だと言ってるじゃないか」

白々しい嘘を、ばれると分かっていてそれでも吐く。

「せっかく妹ができたのに……残念だわ」

玲琳は、はあっとがっかりしたため息をついた。

「ずいぶん気に入ったみたいだな」

「だって累は可愛いもの」

身内を可愛がった経験のない玲琳にとって、累の存在は新鮮だったのだ。妹だと感じられた初めての少女。

「嫌いだ――と、言われていたようだが？」

「お前……私が人から嫌われることに痛痒《つうよう》を覚えると思うの？　あの子が私を好きかどうかは、私があの子を好きかどうかと何の関わりもないわ。累が私を嫌いだろうと何だろうと、私は累が可愛いの」

はっきり答えられ、鍠牙は面白くなさそうな顔になる。

「そんなに可愛がるものが欲しければ、俺の子でも産んでおくか？」

などと不貞腐れたように言いだした。本気なのか冗談なのか判然としない物言い。

「お前にその気があるのならね」

「努力すると言っただろ。俺はたぶん……姫がゴキブリでも可愛いぞ」

この変態は、玲琳が女でも男でも蟲でも魔物でも何でもいい——と豪語する変態である。理解不能すぎるので、こういう変態なのだと納得することにしている。

ゴキブリに喩《たと》えられた玲琳は至極真面目に頷いた。

「確かにゴキブリは可愛いわね。艶々していて綺麗《きれい》で逞《たくま》しくて好きよ。頭にのせて髪飾り風にするのも素敵じゃないかしら」

「そうか、俺は大嫌いだ。気持ちが悪いし、気持ちが悪いし、気持ちが悪いからな。だが、それが姫でさえあれば別にゴキブリでもいいさ」

答える鍠牙も至極真面目であった。はたで聞いている者がいたらどんな顔をしたかは想像もつかない。

「ゴキブリと子を作ろうという楊鍠牙。一つ聞くけれど、お前は本当に累を彪家の領地へやるのが最良だと思っている？」

日差しの強くなってきた毒草園で、玲琳は腰に手を当てた。

鍠牙は頬杖をついたまま答えなかった。

「まあ……お前にとっては最良なのでしょうね。お前は大嫌いな人間にそっくりな妹を見ていることが、耐えがたいのでしょうからね」

ふうっと玲琳は息を吐いた。腰に手を当てたまましばし思案し、

「累がどうしたいのか聞きたいわ。あの子が行くというなら黙って見送りましょう。私はあの子の姉だもの」

そう決めた。

「累に話を聞きに行ってくるわ」

手についた泥を払い、鍠牙をその場に残して玲琳は毒草園を後にした。

鍠牙がずっと自分の背を見ていることは感じたが、振り返りはしなかった。

玲琳は後宮の庭園を歩き、累の部屋へ向かう。玲琳の治療を受け始めてから、累はさらわれる前に使っていた自分の部屋へ戻っている。

玲琳は声をかけながらその部屋に入り、中を見回した。

そこは少女らしく愛らしい飾り物がたくさん置かれた部屋で、一見累に相応しく見えるものの、少し彼女を知っている者からすれば、あの苛烈な性情には似合っていないと思うのだった。

累は寝台の中でぼんやりと天井を見上げていたが、玲琳の入室に気づいてこちらを向いた。

「姉様、何か用事？」

「お前が彪家の領地へ帰ると聞いたわ」

「そうみたいね」

無感情に答える少女の奥深くに、渦巻く焔の熱が秘められているのを感じる。

「……それでいいの？　本当に彪家の領地へ行きたいと思っている？　それとも……何か企《たくら》んでいる？」

玲琳はゆっくり歩いて近づきながら、探るように問いかけた。

累は寝台の上に身を起こし、歩み寄る玲琳を待っている。すぐ近くまで行くと、累は手を伸ばして玲琳の髪をつかんだ。引き寄せられるままに顔を近づけると、少女の宿すその熱で火傷しそうな気がした。

「姉様……私の頼みを聞くつもりはある？」

「頼み？」

「人の殺し方を教えて……と、言ったはずよ」

いっそ冷たさを感じるほどの熱を帯びたその言葉に、玲琳は息を呑んだ。

「姉様は私を助けてくれるんでしょう？　あなたは初対面の女を口先だけで騙《だま》すようなな、腐れた下衆じゃないわよね？　違うというなら、私の復讐《ふくしゅう》に手を貸してちょうだい。私を奪って束縛して好き勝手に扱った……あのゴミクズどもを一人残らず殺してやりたいのよ」

「……まず話を聞くわ。説明しなさい、一から十まで」

しばし考えて玲琳がそう返すと、累はようやく玲琳の髪から手を離した。

「いいわ、話すわ。でも、私は近いうちに彪家の領地へ追いやられてしまうのよ。兄様は私を汚物のように嫌っているから、これ以上ここにはいられないの。だから姉様、私を彪家の領地まで送ってちょうだい。その途中で全て話すわ」

玲琳は、その提案になるほどと思いながらも眉を顰める。

「鍠牙は私がお前と行くことを許すかしらね」

「兄様は……姉様を愛しているのね」

小馬鹿にしたような表情で聞かれ、玲琳は肩をすくめる。

「さあ、どうかしら？　あの男が私に向ける感情を、既存の言葉で表せるのかどうか分からないわ」

同時に、自分が彼に向ける感情の名も玲琳はまだ知らない。

「兄様を敵に回してでも私を助けてくれる？」

「それは何の問題もないわ。私がこの世でただ一人幸福にしてやらない……何一つ望みを叶えてやらない相手……それが楊鍠牙という男なのだからね」

焔を宿した累の問いに、玲琳はにんまりと笑って答えた。

それから三日後――累は彪家の領地へ向かうべく馬車で王宮を出立した。

二台の馬車を連ねての旅路は一国の王女としていささか質素と言えようが、累はいつもこの程度の隊列で彪家の領地と王宮を行き来しているという。

累の乗るその馬車に、玲琳はゆったりと同乗しているのだった。

向かいの席には二人の女官が座っている。一人は葉歌で、もう一人は以前葉歌に紹介された新米女官だった。女四人を乗せた馬車は夏の日差しを受けながら、長閑《のどか》な道を走っている。

玲琳が累を彪家へ送り届けることに、鍠牙は当初当然反対した。とはいえ、彼は玲琳が言い出したら聞かないことを知っており、自分が玲琳を止めるに足らぬ男であることを知っていた。

言葉と心を尽くして頼んだ玲琳を、結局彼は送り出してくれたのだ。もっとも、彼に言わせれば知恵と傲慢を尽くして脅迫された――という感覚かもしれないが。

ともあれ国内の――しかも隣接する領地への旅路であるから、さほど危険というわけでもない。鍠牙が心配するようなことは、本来ならば起こるはずもないことである。

本来ならば――

「さて……約束通り全て話してもらいましょうか」

玲琳は隣に座る累に話しかけた。

　累はどことなく緊張しているような、あるいはぼんやりしているような様子だったが、言葉を探すように視線を彷徨《さまよ》わせて口を開いた。

「一年前……今みたいに彪家の領地へ向かう途中、私は盗賊に襲われた」

　いつも言葉一つ一つにすら熱の宿っている累にしては、冷淡に話し始める。

「盗賊は馬車に同乗していた伯父を殺して、私をさらったわ。馬車が谷に落とされるのを私はこの目で見た」

　そこで累は膝の上に置いた拳をきつく握った。爪が皮を破って肉に刺さるのではないかと案じるほどの強さで。

「盗賊たちは山の中を根城にしていて、私はそこへ連れていかれたの。とても……酷い目に遭わされたわ」

　累の拳はぶるぶると震えだした。少女の華奢な体から炎の形をした怒りが噴き出して、辺り一面を焼き尽くしてしまうのではないかと玲琳は錯覚した。

「あのカスども……私を毎晩……毎晩毎晩毎晩蹂躙《じゅうりん》したあのゴミカスども!!」

　瞬間的に激昂し、累は声を荒らげた。荒く息をしながら、一旦言葉を切って感情を鎮める。

「……あいつらを一人残らず捕らえてほしい。姉様の力で」

　怒りに手を震わせながらも、累はどうにか平静さを保とうとしていた。

玲琳はその様子を冷静に観察し、葉歌はその勢いに息を呑み、新米女官は真っ青になって震えていた。

累の苛烈な瞳がゆっくりと持ち上げられ、傍らの玲琳にひたと据えられた。

「蠱師の姉様ならば、あの男どもをおびき寄せて捕らえることができるでしょう？」

「……捕らえてどうするの？」

無論捕らえて終わりということはあるまい。その先があるに決まっている。

「私がこの手で殺すわ」

ぞっとするような声で累は答えた。

「どうやって？」

「そのやり方を姉様に教わりたいのよ。姉様は人を呪い殺す専門家なんだから」

「……その方法を得たとして、本当に殺せるの？」

酷く危うい感じがして、思わず聞いていた。人を殺すということを……その意味をこの少女は理解しているだろうか？

「殺せるわ。全員殺す。一人殺すも二人殺すも同じじょ」

あっさりと答え、累はかすかに微笑んだ。その微笑みにぞくりとし、玲琳はつられて笑っていた。

「何が可笑しいの？　姉様」

「お前が魅力的で笑ってしまったわ」

「やっぱり変な女ね、姉様。あなたのそういうところが気に入らない」

「そう？　私はお前が気に入っているわ。お前は可愛いもの」

「そういうところも嫌い。吐き気がする」

累は小馬鹿にしたような薄笑いで玲琳への嫌悪をあらわにする。

「嫌いでも何でも構わないわよ。お前の望みはよく分かったわ。復讐のために力を貸せというのね。……いいわ、手を貸しましょう」

しゃべりながら思案し、玲琳はそう答えていた。

「ちょっと、お妃様！　本気ですか⁉　王妃ともあろうものが盗賊退治だなんて」

ぎょっとした葉歌が慌てて口を挟む。

「心配しなくても、失敗したりしないわ」

「誰がそんな心配をしてますか、誰が。盗賊を殺したいなら私が殺して差し上げますよ。一人でも二人でも十人でも！」

「そうね、お前なら盗賊くらい簡単に殺せてしまうでしょうね。だけど、人の獲物を盗ってはダメよ。その盗賊は累の獲物なのだから」

玲琳は指を軽く左右に振りながら葉歌を咎《とが》めた。

「ですけど……痛ぁっ！」

反駁《はんばく》しかけた葉歌の脚を、累の杖が打った。無論葉歌は避けようと思えば避けられたはずだが、その攻撃をかわすことはせず、打たれた脚を涙目でさすっている。

そんな女官を高慢な女王のごとき目で睥睨し、累は言った。

「私の獲物を盗ったら殺すよ、女豚。黙って姉様を守っていろ」

「めぶ……また言った！　酷すぎません？」

葉歌は傷ついたようにくしゃりと顔を歪める。

「豚扱いが嫌なら人間扱いしてあげるわよ、醜女」

酷い言葉と共にぎろりと睨まれ、葉歌は完全にへし折られた。しおしおと肩を落としてうなだれる。

「どうせ私は美人じゃないですよ」

「美人じゃないとは言ってないわ。醜悪だと言ったのよ」

「え、その訂正いります？　累姫様、いくら絶世の美少女だからって……いくら色白で、輝く瞳が魅力的で、艶《つや》やかな唇が愛らしくて、華奢な手足が可憐《かれん》な美少女だからって……言っていいことと悪いことがあると思うんですよね！」

葉歌は堪忍袋の緒が切れたのか、累の顔をびしっと指さして怒った。

「褒めているのか怒っているのかよく分からないわよ」

思わず突っ込んでしまったのは玲琳だ。

「褒めてません、怒ってます！」

「ふうん……やっぱり姉様はおかしな人なのね。おかしな人の周りにはおかしな人が集まるの。不幸の周りには不幸が集まるし、虫けらの周りには虫けらが集まるわ。世の中ってそういう風にできてるのよ」

累はそう言って、くっくと嘲笑する。馬鹿にされて腹に据えかねたか、葉歌はムッとした顔で言い返す。

「じゃあ、お美しい累姫様の周りには美しい人ばかり集まるんでしょうね。あーあ、羨ましいことですわ。私もそんな顔に生まれたかった」

途端、累の顔から笑みが消えた。真っ黒な炎を宿したかのような瞳が、一切の光を反射することなく黒々と葉歌を射た。

「そうね……私は美しいわよ。だから何だっていうの？　羨ましいですって？　だったらこの面の皮を剥《は》いでお前に張り付けてやろうか？　ねえ……こんなものが本当に欲しい？　くだらない……下卑た豚の発想だわ」

足が悪く、体の弱い、小さな少女……それがまるでこの世を黒く塗りつぶす魔王のごとき圧力でもって、葉歌を睨みつける。その圧に、葉歌は絶句した。

「累……一つだけ言っておくわ」

張り詰めた沈黙を破って玲琳は傍らの妹を呼んだ。厳しい顔を向けると、累は真っ向からその視線を受け止めた。

「なあに？　私を怒るの？　姉様」

「蟲の周りに蟲が集まるという決まりはないわ。蠱毒は蠱師が蟲を集めて作るものであって、蟲が自然に集まるわけではないの」

玲琳が至極真面目に教えると、累はぽかんとして自分の言葉を思い返すように視線を左右に動かした。

「お、お妃様……今そういう話をしているわけじゃないと思うんですけど……」

葉歌が表情を引きつらせ、小声で訴える。

そこで累がふっと笑った。

「やっぱり姉様はおかしな女……そんなおかしな女を娶った兄様はおかしな男。あははは！　くだらないわね。本当にくだらない……全員爛《ただ》れて消え失せろ」

けたけたと嘲《あざわら》笑う累を見て、玲琳はまた彼女の悲鳴を聞いた気がした。

「別におかしな女ではないけれど……大丈夫よ、お前に言った言葉は忘れていないわ。そんなに叫ばなくても大丈夫よ。お前を助けてあげると言ったでしょ」

玲琳が穏やかに断言すると、たちまち累の嘲笑は消え失せ、強張《こわば》った表情に変わった。

「…………分かったような口をきかないでよ。虫に喰われて死んでしまえ」

「可愛い蟲たちになら喰われてあげてもいいけれど、残念ながら私の蟲は私を喰ったりしないわ」

軽やかに言いながら、玲琳は累の頭をよしよしと撫でた。累は反射的に玲琳の手を振り払い、癇癪を起こしたように馬車の壁を殴った。

「……嫌い」

「知っているわよ」

玲琳がさらりと答えると、累はきつく歯噛みする。

「嫌い！　嫌い嫌い嫌い嫌い嫌い嫌いなのよ!!」

怒鳴る声はほとんど悲鳴のようだった。

その激昂ぶりに、二人の女官は息を呑んで凍り付く。

そんな中、玲琳だけは落ち着いていて、破裂しそうな少女を慰めもせず追い打ちをかけるかのように告げる。

「私はお前が好きだけどね」

その声をかき消すかのごとく、累はまたバンと大きく音を立てて馬車を殴った。拳を打ち付けた馬車の壁に額を押し当て、唇を噛みしめて肩を震わせる。

きっと今、累は放っておいてほしいのだろう。けれど玲琳は自分が優しくないことを知っているので、そんな累の頭をまた撫でた。

「お前の言葉ごときが私の心を折れるなどと思うのは思い上がりよ。諦めなさい。お前が嫌だと言っても、私はお前を助けるわ」

玲琳が断言すると、累はもう何も言わなかった。ただ、背を向けて馬車の壁にすがり、ずっと何かに耐えていた。

彪家の領地は王都に隣接しており、山沿いの道を馬車で一泊二日ほどの距離で、行き来するのは容易《たやす》い。

出立した日の夕暮れ時、玲琳一行は王都と彪家の領地を繋ぐ山間の宿場町にたどり着いた。

そろそろ日が暮れる時分で、この夜はここへ泊まる予定になっていた。一泊すれば、翌日にはもう彪家の領地へ入ることができる。しかし、玲琳たちにとってはこの宿場町こそが真の目的地であった。

「この山なのね？」

玲琳は馬車の窓から外を覗く。目の前にはなだらかな山が連なっていて、夕日の逆光に黒々と陰っていた。

するとその声に反応し、長いこと黙って玲琳から顔を背けていた累が顔を上げた。

窓の外を見て、ゆっくりと顎を引く。

「……ええ、そうよ。この先の山道で、私と伯父上は盗賊に襲われたの」

「お前がさらわれて、伯父とやらが殺された場所ね？」

「そう」

「つまり……この界隈《かいわい》が盗賊の縄張りだということね」

「ええ、あの山が盗賊たちの根城だったわ」

累はすっと手を上げ、骨のような指で窓から見える山を指した。

「私はあそこから逃げてきたの」

瞬間、彼女の声に怒りの色が滲んだ。下ろした手をぐっと握りしめ、何かを堪えるように震わせている。

「……累姫様、酷い目に遭ったことを思い出さなくてもいいんですよ」

葉歌が心配そうに声をかけたが、累が返したのは侮蔑に等しい眼差しだった。

「思い出す……？　お前は何を言ってるの？　私は奴《やつ》らにされたことを思い出したことなんかないわ。思い出すまでもない……だって、私はそれを一度も忘れたことなんかないんだもの。忘れられないことをどうやって思い出すというのよ」

燃える双眸《そうぼう》に葉歌はたじろぐ。

そこで馬車が停止した。重苦しい空気を断ち切るように、従者が馬車の戸を外から開いた。

「お妃様、累姫様、到着しました。今夜はこちらにお泊まりいただきます」

従者の説明を受けて外を見ると、馬車が止まっているのは立派な宿屋の前だった。美しいと評判の王女を一目見ようと、宿場町の人々が集まっている。その様子を見て、葉歌が玲琳に素早く耳打ちした。

「周りの人たちにお妃様だってばれないようにしてくださいね！　あくまでこれは、累姫様が彪家へ戻る旅という体なんですから。まあ、普段のお妃様を見てお妃様だと分かる人はいないでしょうけど」

付け足された最後がやや失礼である。

玲琳が降りると、従者は足の悪い累を抱えて馬車から降ろした。

野次馬たちが感嘆の声を上げている。

こんな風に王女が人前に顔をさらすなど、斎帝国では考えられないことだったが、比べると魁はそこらへんがずいぶんおおらかだ。

累の姿を見て、野次馬たちはきゃっきゃと歓声を上げている。

「ほら見て！　累姫様よ。相変わらず何て美しい方なのかしら」

「本当にお美しい姫様だなあ……ゆくゆくは彪家に嫁がれるというが、どなたを夫に選ぶおつもりなんだろうなあ」

累は人を馬代わりに使うのが当然であるかのように、歓声を浴びながらおとなしく運ばれていく。

宿屋の女将《おかみ》は慇懃《いんぎん》に玲琳たちを出迎え、一番いい部屋へ案内した。

「あのー……お妃様、これからどうするおつもりなんですか？　このまま彪家の領地へ累姫様を届けるわけじゃないってことですよね？」

昼間の会話をしかと聞いていた葉歌が、疑《うたぐ》るように尋ねてくる。

玲琳は椅子に座らされた累と、不安そうにする新米女官、そして不審そうな顔をしている葉歌を順繰りに見やり――

「私の目的は累の望みを叶えることよ。累の望みは盗賊たちに復讐を果たすこと」

玲琳はここまでずっと考えていたことを頭の中でまとめ、説明を始める。

「だからここで、盗賊を捕まえるわ」

「どうやって!?　まさか山狩りでもなさるおつもりですか？」

葉歌が警戒心満載で問《と》い質《ただ》す。

「いいえ、その逆よ。ここへ盗賊をおびき寄せる」

玲琳はちょっとした小話の軽やかさで告げた。

葉歌は絶句。新米女官は喉の奥で悲鳴を上げる。そして累は――目を鋭く細めて殺気立った。

「奴らをここへおびき寄せるの？　どうやって？」

「累……お前が盗賊たちに汚されたというなら、お前の体には盗賊たちの臭いが染みついているはずよ」

玲琳は薄く微笑んだ。おそらく今自分は魔物めいた笑みを浮かべているのだろうと思う。心ある人であれば、こんな手段は思いついたとて口にできるはずがない。

「お妃様……その言い方は……」

葉歌が険しい顔で咎めようとしたが、玲琳は軽く手を上げて葉歌の発言を遮った。

「お前に染みついた臭いをたどって盗賊たちを呪うわ。そうしてここまでおびき寄せるの。あとはお前の望むまま、復讐を果たしなさい」

玲琳ははっきりと告げた。しかしそう告げながら、心の中では少しばかり違うことを考えていた。

果たして本当に、盗賊への復讐を果たすことが累を救うことになるのだろうか？　ずたずたに傷ついたこの少女を救う最善手がそれなのだろうか？　言葉では確かに、累は復讐を果たしたいと言っている。けれど、本心からそれを望んでいるだろうか？　後悔することはないのだろうか？

しかし玲琳の心配に反し、累は迷いのない瞳で玲琳を見返してきた。

「今すぐにやってくれるの？」

据わった目で聞いてくる。そこに確かな覚悟を感じ、玲琳も腹をくくった。

「いいえ。この術に使う蟲は昼行性だから、朝まで待たなければ」

「……いいわ、明日まで待つわ」

「じゃあ、今日は休みましょう」

玲琳がぽんと手を叩いて一旦解散しようとしたその時、部屋の外がにわかに騒がしくなった。言い争う声や、荒い足音。

何事かと耳を澄ましていると、断りもなく部屋の戸が開かれた。乱暴に開かれた入り口から入ってきたのは見覚えのあるようなないような一人の男。

「累！　心配したぞ」

男は他の人間など目にも入らぬ様子で累だけを見ていた。

玲琳が眉間にしわを刻んで「誰？」という感情を表していると、傍らの葉歌がこそっと耳打ちした。

「あの方！　累姫様の従兄の……ええと、三男の方ですよ」

「ああ……」

従兄其之三だ。相変わらず気難しそうな表情をしている。

従兄其之三は険しい顔で累に近づいてゆき、

「君がこっちに向かっていると、王宮から早馬が来て驚いた。支度が出来次第、俺たちが迎えに行くと言ったのに、どうして一人で勝手に……。危ないじゃないか、また盗賊に襲われたりしたら……」

そう咎めた。一人ではなく王妃たる自分もいた――ということを突っ込んでおいた方がいいのだろうかと、玲琳は一瞬考えたが、彼があまりにも累以外を見ていないので口を挟むのはやめておく。

「お前に指図される覚えはないわ」

累は不愉快そうに表情を歪め、手にした杖を振りかぶった。しかし従兄其之三は、振り下ろされた杖を易々《やすやす》受け止める。

「心配して何が悪い」

「反吐が出る」

「どう思ってもいいさ。君が危ないことをするなら俺は止める」

「……鬱陶しい」

突如始まった痴話喧嘩《げんか》を、巻き込まれた玲琳たちは固唾《かたず》をのんで見守る。

従兄其之三は一歩も引かず言い返した。

「それでも俺は君が大事だ」

「だから私を娶りたいとでも？」

「選ぶのは君だ。君に選ばれる男でありたいとは思う」

彼は真っ向から感情をぶつける。

傍らの葉歌が朱に染まった頬を押さえ、喉の奥で小さくきゃあきゃあ騒ぐ。

玲琳はどうしたものかと困ってしまい、ただ見守るしかなかった。

「選ばれたいなら犬のようにひれ伏していなさいよ！」

累は癇癪を起こしたみたいにまた杖を振りかぶるが、従兄其之三は今度もその杖を受け止め、無理矢理《むりやり》累の手から奪い取った。倒れかけた累を宝物のように支える。

「累……そういう物言いが君の本心じゃないことは知ってる」

その言葉を聞いた途端、累は憤怒の表情で従兄其之三を突き飛ばした。しかし華奢な累は、自分の方が吹っ飛ばされて倒れそうになる。自分の方へ倒れこんできた累を、玲琳はとっさに抱きとめた。しかしその重みに耐えきれず、一緒に床へへたり込む。

「累！　大丈夫か？」

抱き合って座り込んだ二人に――いや、累だけに、彼は慌てて手を伸ばす。

「触るな」

怒鳴るではなく酷く静かに累は言った。そして助けを求めるかのように玲琳の腕へすがってくる。すがられた玲琳は思わず累を抱きしめ返した。

従兄其之三は弱り切った顔になり、手を出すことも出来ず佇んでいる。

「とりあえず……今夜はお下がり」

玲琳は色々思案した末、彼にそう命じた。従兄其之三はそれ以上踏み込んでくることができず、とうとう諦めて手を引いた。

「明日、私が累を連れ帰ります」

そう告げて、彼は部屋を出て行った。

「さあ、お前も自分の部屋に行きなさい」

玲琳は累を立たせて促す。累は一つ頷き、葉歌と新米女官に付き添われて部屋を出て行った。玲琳と累はそれぞれ一つずつ立派な部屋をあてがわれているのだ。

一人になると、玲琳は明日のことを考えた。累の望みを叶えるならば、従兄に邪魔されぬよう急がねば……早めに起きた方がいいだろう。

そんなことを考えながら一人で寝間着に着替え、明日に備えてすぐ眠りにつこうとする。けれど、妙に気分が高揚していてなかなか眠れそうになかった。

標的の盗賊がいるであろう山をもう一度目に焼き付けておこうと、窓を開いて暗い夜の景色を眺めたその時、宿のすぐ近くに一人の男が立っていると気がついた。建物の陰に身を潜め、じっと宿を見ている。暗すぎてはっきり分からないが、少し背が曲がっていてかなり年かさの男と思われた。

いったい何をしているのだろう？　この宿を見張っている？

警戒しながら男を観察していると、袖口から術者の警戒心を感じ取った蟲たちがのぞく。

「ああ、大丈夫よ、何でもないの。明日は、あなたたちに働いてもらうから、よく休んでいてね」

玲琳は優しく囁き、手を持ち上げて蟲たちに口づけた。

そこで、部屋の戸が叩かれた。

振り返ると、開いた戸から寝間着姿の累が足を引きずって入ってくる。

「どうしたの？　累」

「……一人で眠りたくない」

累は杖の音をさせながら近づいてくると、寝台にちょこんと座った。玲琳は窓を閉めて累の隣に腰かける。

「別にかまわないけれど……寂しいの？」

「……嫌な夢を見そうで怖い」

累は妙に暗い目をして呟いた。どことなく怯えているような、緊張しているような面持ち。

「嫌いな人間と一緒で眠れるかしら？」

「嫌いな相手だろうがゴミだろうがクズだろうがかまわないわよ。抱き枕の代わりでしかないんだから」

見下すような目をして、すがるように手を差し出してくる。玲琳は自然と口元をほころばせていた。

あまりにも情緒不安定で不気味ささえ感じ、玲琳の抱擁を求める別の人間が脳裏に浮かんだ。

頼りなく伸ばされた手を取れば、玲琳の抱擁を求める別の人間が脳裏に浮かんだ。

しかし玲琳はその残像を片隅に押しやり、違う人物のことを口にする。

「私が子供の頃、お姉様が一緒に眠ってくださったわ」

「斎の女帝？」

「ええ、悪辣非道な私の女神。お姉様が妹の私を抱きしめて眠ってくださったのだから、私が妹のお前を抱きしめて眠るのだってごく普通のことよね。いいわ、お前と一緒に寝てあげる」

玲琳は先ほど盗賊をおびき寄せる計画を語ったのとは全く違う微笑みを浮かべて、累の頰を撫でた。静かに明かりを消して寝台へと潜り込む。その横に累がちんまりと収まった。

「……姉様は、いつも兄様と一緒に寝ているの？」

不意にそんなことを聞いてくる。

「そうよ」

「無理やり嫁がされた相手と一緒に寝るのは嫌じゃなかった？　兄様を殺せば自由になれると思わなかった？」

何故そんなことを聞いてくるのか意図が分からず、玲琳は横を向いて、漆黒に塗りつぶされた累の顔を見ようとした。

「あの男は私に金を使ってくれると言ったからね」

「…………下卑た発想」

「金のかかる蠱師だもの。そういうお前は復讐を果たしたらどうするの？」

玲琳は、累の従兄たちに頼まれたことを思い出して尋ねてみる。

「お前を娶りたいと望む男たちが、彪家の領地で待っているわ。お前はその三人の中から、たった一人を選ぶのでしょう？」

優しそうな従兄其之一か……軽薄そうな従兄其之二か……気難しそうな従兄其之三か……

途端、累は吐き出すように短い笑い声を立てた。

「ははっ……そうね……あの人たちは私の奴隷なの。私がいなければ生きていけないほど、私に心酔しているのよ。私のことが大好きなんですって。ふふっ……本当に馬鹿よね。くだらないったら」

声の端々にまで侮蔑の色が染みわたり、夜を侵略するかのようだ。

「お前を恋い慕う男たちを、くだらないと切り捨てるの？」

「くだらないわよ。気持ちが悪い……反吐が出そう。そんなものにうつつを抜かす馬鹿どもは、全員頭に花を咲かせて死ねばいいわ。まさか姉様、恋や愛なんてものが素晴らしいとでも思ってるの？」

問いかけ――というにはあまりに侮辱の形をしたその言葉を、玲琳は至極真面目に受け止めて考えた。

「そうねえ……自分がしたいと思うほど関心はないけれど、人がそれをどんな想いでしているのか知りたいという程度の興味はあるわ。だけどあれは才能のある人間だけができることで、私にその才能はないのよ。それを学ぶことに労力を割くくらいなら、私は蠱術を学びたいわ」

当然だと言わんばかりの答えに、累は少し驚いたらしかった。

「姉様は兄様を、少しも好きではないの？」

「好きなわけがないわ。私が鍠牙を愛することは未来永劫《えいごう》ありえない」

たとえ彼がこの場にいなくても、そう断言することが玲琳の彼に対する最大級の誠意であった。

玲琳が即答すると、累は闇の中で黙り込んだ。驚愕に息を呑んでいる。吐息の音すらなく凍り付いているかと思うと――

「ふ……あはははははは‼」

累は突如哄笑《こうしょう》した。

「正しいわよ、姉様。恋なんてくだらない……ゴミみたいなものでしかないんだから。あんな……腐れた魚より汚らしくて臭くて気持ちの悪いものをありがたがってる阿呆《あほう》の群れがいるなんて……汚らわしい。みんなドブに沈んでしまえばいいのに」

舌打ちしかねない勢いで悪態をつく。それにしても、この少女はどうしてこんなに下品なのだろうかと玲琳は呆れた。

「何故そんなに愛や恋を厭うの？」

明確な理由がなければおかしいくらいに、累は愛や恋というものを侮蔑しているように感じる。

正直大げさだと玲琳は思った。玲琳はそこまで厭わしく思うほど愛や恋に関心がないから……。けれど……累にはここまで厭うほどの理由が何かあるのだろう。

理解できないということは、存在しないということの証明になるまい。自分の隣に座る人が何を厭い何を愛するかなんて、たいがいの人は知らないのだから。玲琳がそれを理解できなくても、累の中には確かな理由が存在しているのだ。

穏やかに問われて累は興奮が収まったのか、やや声を低めて答えた。

「あんなものに振り回されて一喜一憂して人生を狂わされる頭の悪い人たちを、何人も何人も見てきたからよ。あの王宮で生まれれば分かるわ」

「？　一年近く暮らしているけれど、私には分からないわ」

「姉様にもそのうち分かるわ」

囁くように言い、累は布団の中をもぞもぞ動いて玲琳にすがってきた。冷たい体だと感じるのは、いつも共に眠る男の体温と違うからだ。

玲琳を嫌いだと言いながら、この少女は全身で助けを求めているように感じる。

玲琳は密着する累の背を抱きしめ返した。

「お前は復讐を終えて彪家の領地へ戻っても、結婚はしないつもりなの？　お前を愛する男たちを、誰も選ばない？　お前を恋い慕ってここまで迎えに来た男もいるわ」

「さあ……どうしようかしら？　私に選ばれたくて必死になっている、あの駄犬どもを見るのは愉快だけど……」

累は玲琳の胸に顔を埋め、ふんとかすかに鼻を鳴らす。

「お前は悪い女ね」

玲琳は思わず笑った。

「そうよ、私は悪い女なの」

答える累の声は変に得意げで、危うくて……今までで一番幼く聞こえた。

玲琳は累を抱きしめたまま、すぐに寝入ってしまった。

しかし深夜、ふと目が覚めて違和感に気づく。

抱きついてくる腕がない。

鍠牙はどこへ行ってしまったのだろう……？　ぼんやりとそう考えて、自分が今彼と寝ているのではないと思いだす。玲琳と共寝していたのは妹の累だ。

累が寝返りを打って離れたのだろうと手を伸ばすが、その手は布団を探るばかりで人に触れることはなかった。

玲琳は驚いて体を起こす。寝ている間に目が暗さに慣れていて、辺りがうっすらと見えるが、累の姿はどこにもない。

玲琳はそのまま少し待ち、何の変化もないと分かると寝台から出て燭台《しょくだい》をとる。火をつけて、明るくなった部屋の中をもう一度見回して——

「……っ!?　累!!」

思わず声を上げた。

寝台の、累の寝ていた場所が赤く染まっている。

駆け寄ってその赤いものに触れると、冷えた湿りけが感じられた。濡《ぬ》れた指先を口に含む。独特な匂いが鼻に抜ける。

嗅いだことのある匂い……

「……血だわ」

呆然と呟く。間違いなく血痕だ。

それを認め、ぎりと歯噛みして寝間着のまま部屋を飛び出す。そして隣の部屋の戸を乱暴に開け放った。そこには寝台が二つ並んでいて、玲琳の供をしてきた女官たちが安らかに眠っている。玲琳は手前の寝台に駆け寄って、すやすやと眠る彼女の布団を容赦なくはぎ取った。

「起きなさい！」

金属を叩くような大声で命じられ、寝ていた葉歌が飛び起きた。

「お、お妃様!?　どうしたんです？」

その声に隣の寝台で寝ていた新米女官も目を覚ます。

玲琳は目を白黒させている葉歌の肩を摑み、端的に状況を告げる。

「累がいなくなったわ。寝台に血痕がある」

途端、葉歌はぎょっとして寝台から飛び出てきた。

「え、どういうことです？　血痕って……何かの見間違いでは？」

不安と疑いの間をさまよう声で言いながら、葉歌は薄衣一枚で部屋から出た。そして玲琳と累が寝ていた隣の部屋に入り、寝台の様子を目の当たりにして愕然とする。

「血……ですね」

「ええ、血よ。何があったのか分からないけれど……すぐに累を捜さないと」

そこで新米女官も部屋に入ってくる。彼女は血痕を見て小さく悲鳴を上げた。ややあって恐る恐る近づいてくる。

そうして一同は寝台を囲み、血痕を見下ろした。

「これはいったい……もしかして累姫様の血なんですか？　累姫様はまさか……」

新米女官が両手を胸元で握りしめ、震えながら言う。

「死んでいるかもしれませんね」

額に一筋の汗を伝わせて葉歌が答えた。新米女官は口元を押さえて蒼白になった。

玲琳は渋面で考える。

累が死んでいるなら、誰かが玲琳に気づかれることなく死体を運び出したということだ。

累が生きているなら、自分からここを出ていったということだ。

「そもそも、この血は本当に累姫様のものなんですか？」

葉歌が眉を顰めて根本的な疑問を口にした。

「……累の血で間違いないわ。舐めたから分かる」

この血からは、よく知った男に似た匂いがしたのだ。

玲琳の答えに、一同は納得した様子で頷く。

血を舐めた――その行動に驚く者がいないというのは、自分の人徳であろうと玲琳は思う。

「生きているにしても死んでいるにしても、累を見つけなくては」

「私もお手伝いしますわ」

葉歌が己の胸を押さえた。

「……そもそも、お前はこんな事態が起きるまで気づかなかったの？」

玲琳はじろりと葉歌を見た。葉歌は気まずそうに目を逸《そ》らした。

「そんなこと言われましても……私はお妃様をお守りして殺すためにいるのであって、累姫様の生死に関わる筋合いはありませんわ」

少し拗《す》ねたように言われて、玲琳は荒く息をつく。

「仕方がないわね。だったら私についてきなさい、累を追いかけるわよ」

「お待ちください！　お妃様。私を置いて行かないでくださいまし！」

新米女官が玲琳の言葉にかぶせる勢いで訴えた。

「もしかしたら、盗賊が累姫様をさらったのかもしれませんわ！　ここに残っていたら、また襲われてしまうかも……！」

泣きながら両手を握り合わせる。

玲琳は一考してきっぱりと答えた。

「ダメよ。お前はここにいなさい。危ないし、邪魔だわ」

邪魔と言われて新米女官はぐっと黙る。

「おとなしく待っておいで、累を捜してくるから」

そう宣言し、玲琳は手早く着替えた。さてと深呼吸して、軽く腕を持ち上げる。

「出ていらっしゃい」

呼び声に応えて一羽の赤い蝶《ちょう》が袖から姿を現す。ひらひらと室内を舞う深紅の蝶に、玲琳は優しく語り掛けた。

「いい子ね……私の目、私の耳、私の鼻……全てを繋いでこの血の持ち主を見つけてちょうだい。私をそこへ案内して」

玲琳の言葉を聞き届け、蝶は布団の血痕にとまった。花の蜜をするように赤く染み込んだ血を吸い上げ、ひらりひらりと優雅に舞い立つ。

玲琳と葉歌は部屋から飛んで出た蝶の後を追い、その部屋を後にした。

人々の寝静まった深夜の宿を抜け出し、夜の暗い町を歩きだす。

「あの、お妃様……ちょっと思ったんですけど、お妃様の使う術は人捜しに向かないですよね？」

心配になったのか、後ろからついてくる葉歌が聞いてきた。

「そうね、可哀想《かわいそう》だけれど仕方がないわね」

玲琳のあっさりとした答えに、葉歌は意味を捉え損ねたのか黙り込み、しばらくして驚愕の声を上げた。

「え！　まさかお妃様！　今、累姫様を呪ってます!?」

「だって私の術は人捜しに向かないからね」

累に多少の被害が及ぶことは仕方がない。それでもいなくなった彼女を放っておくわけにはいかないし、彼女を捜し出す方法など玲琳はこれ以外に思いつかなかった。

葉歌はげんなりしたように、玲琳を咎めることを諦めた。彼女にだって、これ以外に方法がないことは分かっているはずだ。

二人が黙って蝶を追ってゆくと、蝶はだんだん町を守るようにそびえたつ山へと向かっていった。

「あれって、盗賊が根城にしているという山ですよね？」

「そう言っていたわね」

「……足の悪い累姫様が、こんな山を登れるでしょうか？」

「死体になって運ばれていれば登れるでしょうね」

「……やっぱり累姫様は……」

葉歌は暗い声で先を濁す。

「登れば分かるわ」

と、玲琳は山道を登りかけ、そこでふと思いついた。

「ねえ、葉歌。こんな山の中で、誰も見ていなくて、好都合だと思うのだけれど……お前は私を殺さないの？」

葉歌は驚いたように凍り付く。

「私の葉歌は、隣の部屋でこんな異常事態が起こっても気づかずのんきに寝ているほど無能ではないと、私は信じているのよ。ねえ……お前が累に何かした？」

葉歌の言動はあまりにも不自然であった。しかし、彼女はゆっくりと首を振って否定を示した。

「……いいえ、私は何もしていません。累姫様がいなくなったことに、私は関わっていません。私は今……何もできないんです。今の私に許されているのは、あなたのお傍に侍《はべ》ることだけ。それ以外のことは何一つ出来ません」

葉歌は静かに、しかし確かな意思をもって断言した。玲琳は思わず眉を顰める。

「何もできない……ですって？　つまり私を殺すことも助けることもできないの？」

「今はできません」

「そう……分かったわ」

玲琳は彼女から答えを得ることを諦めた。頭の中で今の会話を繰り返す。許されているのは玲琳の傍にいることだけだと葉歌は言った。つまり――誰かが葉歌に命じたのだ、それ以外は何もするなと。その命令を覆す力は玲琳にない。

葉歌は玲琳を好きで、玲琳の傍にいることを望んでいる。けれど……玲琳の命令を第一に聞くことはないのだ。その矛盾を失ってしまえば、彼女は玲琳の愛する彼女ではなくなってしまうだろう。

彼女に命令できる者などこの世に限られている。もしやその限られた者たちが、累に何かをしたというのか……？　玲琳の鼓動は自然と速まった。

「とにかく累を捜しましょう」

気持ちが急き、玲琳は蝶を追いかけて山を登ろうとした。その時、葉歌がはっと振り返る。玲琳もつられて振り返ると、遥《はる》か遠くにちらちら動く小さな光が見えた。馬が走る蹄《ひづめ》の音が聞こえて、松明《たいまつ》の明かりが近づいてくるのが見える。その光が近づいてくると、松明を掲げた男が騎馬で駆けてくるのだと分かった。

馬は玲琳たちの傍までくると急停止する。かすかな嘶《いなな》きと共に止まった馬の背には、累の従兄其之三が乗っていた。

「お妃様！　累は!!」

彼は夜目にも分かるほど焦った顔で聞いてくる。

「女官殿に聞きました。累がいなくなったと……。山の方へ向かったと聞いて、慌てて馬を飛ばしてきたのです。累はどこに!?」

馬を下り、玲琳につかみかかる勢いで詰め寄ってきた。

「落ち着きなさい。今捜しているところよ。山を登るわ」

「この先に累が？　私も参ります」

彼は馬を手近な木に繋ぐと、真っ先に山へと足を踏み入れたのだった。

三人は縦に並び無言で山を登った。山道をしばらく登ってゆくと、蝶は横へ逸れて獣道を進み始めた。草をかき分け、三人はひたすら進む。そうしてしばらく登ったところで、暗い山の中に白い影が浮かび上がった。

ぎくりとして足を止める。大木の根元に、白い人影が蹲っていた。

「……累!?」

その人影が見知った少女のものであると分かり、玲琳は声を上げた。素早く指を振り、少女に襲いかかろうとしていた蝶を袖の中に呼び戻す。

「累！　大丈夫か！」

従兄其之三も叫ぶように彼女を呼んだ。

三人は同時に累へ駆け寄る。しかし、累の傍へしゃがんでその肩に手をかけたところで、突然地面が崩れた。

「きゃあ！」

「うあっ！」

玲琳と、累と、葉歌と、従兄其之三は、同時に崩れた地面の中へと落ちた。

酷い衝撃に腰を打ち、呻きながら目を開けると、ぽっかり口を開けた穴の中に落ちたのだと分かった。人の身の丈より少し深いくらいの穴だ。いったい何が起きたのか分からないまま、玲琳ははっとして傍に倒れている累に手をかけた。

「累！　死んでいる⁉」

「姉様……こういう時は普通、生きているかと聞くんじゃない？」

皮肉っぽく口角を上げて累は目を開けた。

生きていたと分かり、玲琳は一瞬体の力が抜ける。

「生きていたのね……」

半月の明かりがわずかに降り注ぐ穴の中でよく見てみると、累の服の袖の色が変わっているのが分かった。黒っぽく見えるその袖は、太陽の下なら赤く染まって見えることだろう。累は腕を怪我していた。

「累！　その怪我はどうしたんだ！　いったい何があった⁉」

従兄其之三は震えながら累の腕に手をかけた。

玲琳はそんな従兄を押しのけて、すぐさま累の腕の傷を調べた。

「寝台を汚したのはこれね。血は……止まっているみたい」

「深い傷じゃないもの」

「累、何があったのか説明してちょうだい」

玲琳が要求したその時、草を踏む音がいくつも聞こえ、穴の上から何人もの人間が覗き込んできた。暗くてよく見えないが、体の線から男だと分かる。

「まさか本当に来るとはな……

男の一人が呟いた。

「お前たち、いったい……」

玲琳が尋ねかけたその時、穴の底に座り込んでいた累が突然傍にあった石を摑んで男に投げつけた。男たちは驚いて身を躱《かわ》す。しかし累は次々に石を摑んでは投げ、石がなくなると土塊《つちくれ》を摑んで投げ始めた。

玲琳は彼女の奇行を啞然として見やる。半月にうっすら浮かぶ累の顔は、怒りに満ちて炎を迸《ほとばし》らせているかのようだった。

「ちょ……累姫様、やめてください。そんなに相手を刺激したら……」

葉歌が声を低めて囁いたが、累は全く聞く耳を持たない。ぜいぜいと息をして、穴の上を睨み上げた。

「ここから出せ！　愚劣な盗賊め！」

喉が裂けんばかりに罵る。

その言葉に、従兄其之三が反応した。怒りに表情を歪め、穴の上を見上げる。

「累、あれが君をさらった盗賊なのか？」

けれど累は答えず、穴の上を睨み上げている。

「八つ裂きにして喰い散らかしてやるわ！　お前のような下衆がこの私を好き勝手に弄んで……それで私を支配したつもりか！　恥知らずの溝鼠《どぶねずみ》め！」

叫び尽くしてとうとう累は力尽き、荒い息をしながらぐったりと言葉を失った。

「……とりあえず上がれ」

圧倒されたように罵声を受けていた盗賊たちの一人が、そう言って穴の縁にしゃがみこんだ。

「おい、お前ら。梯子《はしご》だ」

更に男は周りの盗賊たちにそう声をかける。どうやらこの男が盗賊の首領らしい。

「はいよ、お頭。王宮育ちの人間じゃ、ここを登るのは無理でしょうから」

手下と思しき者たちが、何やら慌ただしく用意しようとする。

「遅いわ、愚図《ぐず》が！　今すぐここから引き上げて！」

累はまた怒鳴った。

すると盗賊の首領と思しき男は小さく嘆息し、穴に向かって手を伸ばした。

「しょうがねえな……ほら、上がれ」

「……あなた方、何をするつもりです？　場合によっては容赦しませんよ？」

玲琳の傍にいる以外何もできない葉歌が、剣呑《けんのん》な瞳で盗賊たちを見上げた。

「累、俺の後ろに隠れるんだ！」

従兄其之三も、すぐさま累を背に庇おうとする。

しかし、自分を庇おうとする従兄を無視して累は立ち上がった。危うい足取りでよろよろと起き上がり、穴の縁にすがって立つと――彼女は伸ばされた盗賊の手を取ったのである。

「累！　何してるんだ！　離れろ！」

従兄其之三は血相を変えて怒鳴った。

玲琳と葉歌も、驚きのあまり止めることすらできない。

さっきまで罵倒していた相手の手を――自分をさらった憎い敵であるはずの男の手を――累はためらいなく握った。

盗賊の首領は軽々と累を引っ張り上げた。大きな体躯《たいく》が少女の華奢で小さな肢体を横抱きにする。

「累、お前どうして戻ってきた」

苦々しげな男の呟きを聞きながら、累はその大柄な男に頬を寄せ、愛しい相手にするかのごとく頬ずりしたかと思った次の瞬間――拳を振り男の胸を殴った。

「ふざけるな！　この……馬鹿！　今すぐ死ね！　死んでしまえ!!」

累は自分を抱く男を再び罵り、また彼の胸を叩いた。かなりの音が響き、渾身《こんしん》の力で叩いたのだと分かる。

　累は何度も何度も盗賊の胸を叩き続け、そしてひときわ大きく怒鳴った。

「何故私を王宮へ戻したりしたのよ！」

　その言葉をはっきりと聞き、穴の底で佇む玲琳は愕然とする。

「王宮へ……戻したですって？」

「そうよ！　こいつが！　この下衆野郎が！　私を騙して裏切って捨てたのよ!!」

　累はぜいぜいと息をしながら怒鳴り続ける。玲琳は混乱して穴の底から彼らを見上げた。

　累を抱える男はうんざりした顔で少女の背を手荒く撫でた。

「落ち着け、累」

「落ち着け……？　落ち着けですって？　私は今お前を百回殺しても飽き足りないくらいだというのに……落ち着け？」

　累はぶるぶると身体を震わせた。寒さや恐怖のせいではなかろう。

「そんなに私が邪魔だったのなら、そんなに要らないと思ったなら……殺して埋めてしまえばよかったのよ。さあ！　今すぐその手で殺してみせなさいよ!!　ほらどうしたのよ、できないって言うの!?　やってみせろ、腰抜けめ!!」

　感情的に叫び続け、累は男の胸ぐらをつかんだ。それでも飽き足らずまたぶとうとするが、その寸前で男は無理矢理累を抱きしめ、彼女の腕が振り下ろされることを防いだ。

「放せ！」

胸板に顔を押し付けられた格好で、累はわめきながらもがく。しかし男は腕の力を緩めることなく、穴の底に佇む玲琳を見下ろした。

「馬鹿げたところを見せてすまんな。話したいことがあるんだが、聞いてくれるか？　聞いてくれないのなら、あんたらを埋めなくちゃならない」

盗賊の首領は穏やかに脅しをかけてきた。彼の言う通り、目の前で繰り広げられた事態は馬鹿げていた。あまりにも馬鹿げていて……少しだけ興味が湧いた。盗賊ではなく、妹たる累の行方に興味が湧いたのだ。

「いいわ、話を聞くわ。ただし言っておくけれど、くだらない話なら……帰るわよ」

「帰るだけか？　殺すんじゃなく？」

「私はそんなに暇じゃないの」

「なるほど、心して話をさせてもらうとするか」

首領の言葉を受け、累の激情に気圧されていた手下たちは、ようやく話が進むとばかりに縄梯子を下ろしてくる。

玲琳は一旦縄梯子をぐいっと引くと、素直に上って穴から出た。

葉歌が後に続くと思いきや、玲琳が地面に上りつくともう、彼女はそこに立っていた。どうやら一瞬で穴の底から上に飛び出たらしく、玲琳は手品でも見せられたような心地になった。

盗賊の腕の中で荒く息をしている累が、穴から這い出た玲琳を見た。

「姉様、騙してごめんね」

「……騙したというのは……どこからどこまで？」

「全部よ。ぜーんぶ嘘。私が酷い目に遭ったというのも、復讐したいというのも全部嘘。私はこの盗賊の一味なの。一緒に寝たのも、腕を切ったのも、姉様をここへおびき寄せるため。私を助けるなんて的外れなことを言ってる姉様を騙したのよ」

額から脂汗を滴らせ、少女は愛らしい顔でにいっと笑う。

そこで最後に従兄其之三が穴から出てきた。彼は目の前の出来事が信じられないというように呆然としていた。

「累……盗賊の一味だなんて嘘だろう？　君にそんなことができるわけない。きっと何か……理由があるんだろ？　俺は分かってる。だから、その男から離れるんだ。一緒に帰ろう」

声を震わせながらも、囁くように……刺激しないように……従兄其之三は累に話しかける。

その言葉を聞く累は盗賊の腕の中で力尽き、ぐったりとしていた。

「累を……返せっ！」

従兄其之三はしびれを切らし、盗賊に飛び掛かった。が、盗賊は冷ややかな目で彼を見やり、思い切り前蹴りを喰らわせた。

「がっ……！」

「お前に用はねえよ」

冷たい盗賊の言葉と共に、従兄其之三は今出てきたばかりの穴へ再び転落する。

「……無様」

落ちてゆく従兄を見て、累は小さく呟くと、意識を失うように目を閉じた。

「ははっ！　お頭ぁ、この男のびてますよ」

手下たちが穴の中を見て笑う。

「まあ目が覚めれば自分でどうにかするだろ。放っとけ。それより、用があるのはあんただ」

盗賊の首領はそう言って、玲琳に正対した。腕の中には気を失った累がいる。

これはいったいどういう状況なのだろうかと混乱しながらも、玲琳は覚悟を決めて腕組みした。

「話してごらんなさい。私を退屈させないように」

ここまで来たら腹をくくるしかない。

「お前たちが何者なのか、何が目的なのか、累とどういう関係なのか……全部説明しなさい」

「……なるほど、胆の据わったお姫様だな」

首領はふっと笑った。

「俺の名は餓破那《がはな》という。この山を根城にする盗賊の頭だ」

そう名乗る。何かを壊したいとかつえている？　おかしな名だ、偽名なのだろう。

「俺があんたらを……」

言いかけて、首領――餓破那は少し考えるように腕の中の累を見下ろし、

「話す順序に少し困るな……。あんたたちをここへ呼び寄せたのは累の独断だ。だが、それは俺たちの望んでいたことでもある」

「分かりづらいわ。端的に」

玲琳が腕組みしたまま命じると、餓破那はきょとんとしてくくっと笑った。

「王族の姫というのは、みんなそういう感じなのか？」

「そういう感じ？　よく分からないわ。私は他人と類似性を語られることがあまりないし」

玲琳は眉を顰めて言い返したが、いささか見栄《みえ》を張った物言いといえよう。「あま

りない」のではなく、「全くない」と評するのが正しい。

「更に言うなら、私は皇族の姫であって王族の姫ではないわ」

律義に訂正するものの、それは玲琳にとってどうでもいいことではあった。

「なるほど、理解した。お望み通り端的かつ正確に言おう。李玲琳、俺らはあんたをここへ呼び寄せ、頼みごとをする計画を立てていた」

「頼みごとですって？　盗賊が私に何を？」

玲琳は怪訝な顔で問う。餓破那は至極真面目な顔で淡々と答えた。

「頼みたいことは一つだ。王妃じゃなく、蠱師のあんたに依頼したい。李玲琳……人を一人、呪い殺してくれ」

その瞬間——心臓がひときわ大きく脈打つのを、玲琳は確かに感じた。


玲琳と葉歌が連れてこられたのは、そこから更に山の奥へと踏み入った場所にある小さな集落だった。粗末な小屋が十数軒立ち並び、身を寄せ合って生きているような倹《つま》しい気配がある。

そろそろ夜が明ける時分で遠くの空は白んでいた。

玲琳は寄り集まる小屋の一軒に案内され、板張りの床に座らされる。

傍らには葉歌が座り、向かいには餓破那と名乗る盗賊の首領が座っている。そして彼を取り巻き、幾人もの男や女がずらりと並んで座っているのだった。

累は意識を失ったまま、別の家に寝かされているらしい。

「俺たちは、とある人物に恨みを持つ集団だ。復讐のため盗賊に身をやつしている」

餓破那はそう話し始めた。

「その人物を、あんたに呪い殺してほしいと思ってる」

その言葉に、玲琳の背筋がぞくりと冷たくなる。

それを押し隠し、玲琳は表情を変えることなく聞き返す。

「いったい誰を？　そして何故？　恨みを持つ相手を自分の手で殺さず、私に依頼する理由は何？」

盗賊に身をやつしているなら、相手の家に押し入って復讐を遂げることも容易いのではないかと玲琳は訝《いぶか》る。しかし餓破那は首を振った。

「殺さないんじゃない……殺せないんだ。俺たちにはあいつを殺すことができない。その力がない」

玲琳はぱちくりとして彼らを見回した。山で生活しているためか、屈強な男たちが揃《そろ》っている。それでも殺せないとは……？

「相手が凄腕《すごうで》の剣士……とか？」

「いいや、それならいくらでも殺しようがある。寝込みを襲ってもいいし、色仕掛けをしてもいい」

「権力者？　近づくことも出来ない？」

「その程度はいくらでも突破できる。外出したところを襲えばいい」

「では何故殺せないの？」

「そいつが……その女が、あらゆるものに守られているからだ」

餓破那は忌々しげに歯噛みした。

「おんな……？」

玲琳の眉がぴくりとはねる。

「ああ……その女はあらゆるものに守られる。あらゆるものに愛される。誰もあの女を殺せない……。この国には、そういう女が存在するんだ。李玲琳……あんたはその女を知ってるだろ？」

どくどくと、また鼓動が速まった。玲琳はそんな女を一人知っている。

「……夕蓮」

瞠目《どうもく》し、我知らず呟く。向かい合って座る盗賊たちは、険しい顔で顎を引く。

「魁国王の母親……姜大臣の妹……夕蓮。あの女を殺してほしい」

思いつめたいくつもの瞳が玲琳を射る。

玲琳はそれらを見返し、小さく首をかしげた。

「お前たち、夕蓮に何をされたの?」

「俺たちは……夕蓮に殺された使用人の遺族だ」

仄暗《ほのぐら》い憎悪の色を宿し、彼らは玲琳を見据えている。

「李玲琳……姜家の屋敷で昔何が起きたか知ってるか?」

突然の質問に、玲琳は考える。しかし玲琳が答える前に餓破那は先を言った。

「三十年近く前のことだ……姜家の使用人たちが全員処刑されたことがあった」

盗賊たちはきつく拳を握る。

その言葉に、玲琳は記憶を刺激された。しばらく前に、そんな話をどこかで聞いたような気がした。

「あ……思い出したわ。姜大臣が、実家の話をしたことがあった。その話の中に出てきたのよ。たしか……夕蓮に心を奪われてさらおうとした使用人たちが、夕蓮の父に殺されたのだったかしら?」

それほど深い関心があったわけでもないので玲琳の記憶は曖昧だったが、確かそんな話だったように思う。

命がけで夕蓮を奪おうとした使用人たち……彼らを皆殺しにするほど娘を愛した父親……それほどまでに彼らの愛情を喚起してしまった夕蓮という化け物。

「違う！」

餓破那のすぐそばに座っていた壮年の男が叫んだ。

「俺の息子は夕蓮に唆されたんだ！　夕蓮は……息子を誘惑して、いいように操って、自分をさらわせて、最後は父親に売ったんだ!!」

「俺の弟もそうやって殺された！」

「ああそうさ、夕蓮が親父《おやじ》を使って俺らの身内を殺させたんだ！」

「夕蓮って女は、人が殺されるのを見て楽しむような鬼畜なんだよ！」

えぐりたての傷から血を噴くように、彼らは怒号を飛ばす。

夕蓮はそんな女じゃない——などと、もちろん玲琳は言わない。夕蓮とは、そういう女である。玲琳はそれをよく知っている。

「俺たちは、復讐を果たすために集まった同志だ」

一人冷静さを保ち、餓破那が話を進める。

「兄が何故夕蓮に心酔したのか……俺にはよく分からない。だが、夕蓮が兄の死を望んだのは事実だ。俺は兄貴の復讐を果たしたかった。だが……それは叶わなかった。幾度命を狙っても、必ず何かが邪魔をした。それは人だったり、猫だったり、他の何かだったりしたが……とにかく俺たちの刃が夕蓮に届いたことはなかったんだ。あの女は必ず何かに守られて、傷一つ負うことはなかった」

そこで彼はきつく拳を握り締めた。

「自分たちがとんでもないものを相手にしているのは薄々分かってた。分かってたが……だからといって復讐は諦められない。殺された人間の無念はどうなる？　俺たちの気持ちは？　復讐を果たさない限り、俺らはどこへも行けないんだよ。そうやって、俺たちは何度も何度も夕蓮の命を狙い続けてきた。そうやって……三十年近い歳月が経ったんだ」

「三十年って……嘘でしょ？　正気じゃありません」

仰《の》け反《ぞ》るように呟いたのは、話に聞き入っていた葉歌だ。信じられないという風に口元を押さえる。

「なるほど、お前たちでは無理でしょうね」

話を聞き、玲琳はため息まじりに評価した。

彼らが夕蓮を殺す？　とんだ夢物語だ、無理に決まっている。そんなことができるなら、夕蓮はとっくにこの世の退屈から解放されているはずだ。この先百年かけたとて、彼らに夕蓮は殺せまい。あれはそういう化け物なのだ。

「ああ、俺たちには無理だった。だが……あんたならどうだ？　夕蓮以上に強い蠱師であるあんたなら、夕蓮を呪い殺すことができるんじゃないのか？」

鋭く探るように問われ、玲琳は一瞬違和感を覚える。

彼らが玲琳を蠱師だと知っているのはおかしなことじゃない。魁王の妃が蠱師であることは、今や国中の者が知っていると言ってもいいくらいだ。だが――夕蓮が蠱師の血を持つことを知る者はほとんどいない。それなのに今、餓破那は玲琳と夕蓮を蠱師として比較しはしなかったか……？

蠱術と縁のない人間ならば知らないはずのことを、彼らは知っている。その知識はどこから得たというのだろうか？

玲琳が怪しんでいると、それを迷いだと思ったのか、餓破那は険しい顔になった。

「頼みを聞いてもらえないなら、あんたを脅さなくちゃならなくなる」

「私を脅すですって？　どうやって？」

「あんたの侍女を殺す」

深刻な顔で宣言され、玲琳は目をぱちくりとさせた。次いで、腹の底から沸き起こった可笑しさに吹き出してしまう。

「お前が私の葉歌を殺すですって？　無理よ。やってみればいいわ」

玲琳の傍らに座る女官は、ただの女官ではない。盗賊もどき程度がどうにかできる相手ではない。

玲琳の嘲笑を受けながら、餓破那は傍にいた手下に目配せした。手下は大きく頷いて座を外し、ほどなくして戻ってくると、宿に置いてきたはずの新米女官を連れていた。彼女は縛られ、泣きじゃくっていて、玲琳の顔を見ると悲鳴に近い声を上げた。

「お妃様あああ！」

「残してきたのは失敗だったな。あんたが頼みを聞いてくれないなら、この女を殺すことになる」

泣き叫ぶ新米女官を見て、玲琳は頭の中が突如冷えた。ありていに言えば、怒りという感覚だったのかもしれない。

同行しただけの無力な女官を盾にして、玲琳を屈伏させようというのか？　代わりにお前たちを呪い殺してやろうか——玲琳の唇は、そんな言葉を吐き出すべく形作られた。しかしそれが音になる直前、玲琳に脅しをかけてきた餓破那は突如その場にひれ伏した。床板に額をこすりつけている首領に続き、小屋の中にいる盗賊たち全員が同じく頭を下げる。

「頼む……どうか俺たちにあんたの毒を与えてくれ。あの女を呪い殺してくれ。希代の蠱師、李玲琳」

脅しから一変、真摯に乞われ、玲琳の怒りは一瞬で霧散してしまった。その言葉が持つ響きに頭がくらくらする。

喉の奥がぐうっと締まり、言葉を返すことができない。ひれ伏す盗賊たちを見下ろしたまま、玲琳は目まぐるしく起こる出来事に頭が追い付かずにいた。しばしそのま

ま混乱していると、

「うあああああああああああああ!!」

突如空気にひびを入れるような絶叫が辺りに響き渡った。

玲琳と葉歌は突然のことにびくりと身を震わせたが、盗賊たちははっとしながらも驚いた気配はない。

その直後、小屋の入り口から見知らぬ男が顔を覗かせ、

「頭！　累ちゃんが……」

声を上げながら手招きした。

呼ばれた餓破那はすぐさま険しい顔で立ち上がり、大股で小屋から出ていく。

「何があったの？　今のは累の声？」

玲琳は耳を澄ました。悲鳴は断続的に聞こえてくる。

「ああ……累ちゃんの発作だろ」

「きっとまた悪夢でも見たんだ。可哀想に」

「だからあたしは累ちゃんを帰すべきじゃないって言ったんだよ」

「だけど、あの子はお姫様だ。このままここで暮らし続けるなんて……」

盗賊たちは口々に言う。累は彼らに対して酷く横柄な態度をとっていたはずだが、彼らの中に累への嫌悪感は見て取れなかった。

よく見てみれば、三十年近くこんな暮らしをしているという彼らは全員それなりに歳を重ねている。彼らから見た累は子や孫ほどの年齢で、横柄な態度も微笑ましく見えるのかもしれない。

混乱した玲琳の頭の中に、累の悲鳴がとめどなく侵入してくる。

「私も累の様子を見に行くわ」

いつまでも治まらぬ悲鳴が気になって、玲琳はすっくと立ちあがった。

「蠱師殿、勝手に動かれると困る」

慣れぬ呼び方で引き止められ、玲琳は一瞬驚いたものの、きっぱりと首を振った。

「妹が助けを求めているのに放っておく姉がいると思う？」

制止を振り切って小屋を出る。悲鳴が聞こえてくるのは隣の小屋だ。

玲琳は開け放たれている小屋の戸から中をのぞく。床に蹲って暴れる累と、それを押さえつけている餓破那の姿がある。

ひとしきり暴れた累は、とうとう動かなくなった。餓破那はそんな少女を膝に抱え、あやすように背を叩き、低い声で静かに歌い始めた。お世辞にも上手《うま》いとは言えないその歌に、累はようやく落ち着いたのか、餓破那の肩に頭を寄せて目を閉じた。

そのまま消えてなくなってしまうのではないかというくらい、累の体は小さく見えた。さっきまでの荒ぶる少女と同一人物にはとても見えない。

「お前……いつもそうして累をあやしているの？」

玲琳は戸口に寄りかかりながら問いかけた。彼の手慣れた動きや、手下たちの態度から、いつも繰り返されている日常のように感じられた。

餓破那はちらと目を上げて、再び累に視線を落とす。

「しょっちゅう悪夢を見るからな、こいつは。頭の中が混乱してぐちゃぐちゃになったら、こうやって泣きわめかないと収まらない。それで一回舌を噛みかけて……危ないと思ってな、それからは一緒に寝ることにしてる」

彼は大きな手で累の背を撫でながら説明した。累を起こさないように声を潜めていると分かる。

玲琳は、累が一人で眠りたくないと言ったことを思い出した。玲琳の布団に潜り込み、身を寄せてきた時のことも……

この世は自分を中心に回っているのだと言わんばかりの行動をとりながら、時折迷子になった子供のような不安感を見せる。悪口雑言の限りを尽くしながら、助けてと叫んでいる。その不均衡を魅力的だと玲琳は感じる……感じてしまう。

「どんな悪夢を見るのかしらね」

戸口にすがってこめかみを柱にくっつけて、玲琳は呟いた。

問いかけとすら言えないささやかな声で、正しい答えなど返ってくるはずもなかったが、餓破那はそれに答えた。

「……さあな。俺に襲われて伯父を殺された時の夢かもな」

「ああ……彪家の当主がお前たちに襲われて殺されたというのは本当だったのね。何のために殺したの？　夕蓮とは何の関係もないと思うけれど……」

「……人違いだった」

「人違い？」

思いもよらぬ答えに玲琳はきょとんとした。

「彪家の当主が夕蓮を連れて時々王都と領地を行き来してる……そういう情報があったんだ」

「そうなの？　夕蓮と彪家の当主は親しいのかしら？」

そんな話をどこかで聞いただろうかと玲琳は考え込むが、餓破那は首を振った。

「だから人違いだと言ってるだろ。夕蓮じゃない、それが累だったんだよ。俺たちは累と夕蓮を間違えて、夕蓮を襲ったつもりで累を襲ったんだ。年齢が違いすぎるからすぐに別人だと分かったが、その馬車には彪家の当主が乗ってて……累を守ろうと抵抗した。俺らは頭に血が上っていてな……彪家の当主をぶち殺した」

「……復讐のために無関係な人間を殺したのね」

「そんなこと一々気にしてたら復讐はできねえよ」

餓破那は吐き捨てた。その表情は暗く、渦巻く後悔に囚われているかのようで、酷く危うい感じがする。しかしその危うさと裏腹に、餓破那が累を撫でる手は穏やかで優しかった。

「……お前は累をずいぶん大事にしているのね。それも罪滅ぼし？　それとも、ただ単に累が可愛いから？」

唐突かつ率直に問われ、餓破那は重苦しい表情から一変、ぽかんと間の抜けた顔になった。

「……そうだな、両方だ。累をさらったのは成り行きだったが……うん、正直累は可愛いよ。俺がまともに暮らして、嫁を貰《もら》って娘が生まれていたら……こんなだったかもしれないな」

少し目を細めて苦笑する。彼の歳はたぶん三十代の後半……四十手前というところか。累を娘と見立てるのは容易かろう。この傲岸不遜な少女は、人生を壊された男の虚にすっぽりとはまったのかもしれない。やり直しの利かぬ生を、妄想でもって癒《いや》したのかもしれない。

「分かるわよ、累は可愛いわ」

玲琳はやや得意げに断言した。その言い方が可笑しかったか、餓破那は頷きながら笑った。

「だな、累は可愛いな。俺らの仲間は全員結構な歳で、もうここに子供はいない。このやつらはみんな累が可愛いんだ。だから……俺は累をこの復讐に巻き込みたくなかったんだよ。いや、俺らは……だな。復讐は夕蓮を憎む俺たちだけで完遂するべきだと考えてた。それなのに、累は復讐を手伝うと言いだしたんだ。俺たちの計画を知って、自分が李玲琳をここへおびき出す役をするってな。だから俺は──」

「累を王宮へ帰した？」

玲琳は先回りして聞く。餓破那はぐっと歯嚙みして、累を抱く手に力を込めた。

「こいつは王女だ。こんな暮らしをいつまでも続けさせるのはな……。手を汚す前に家族のもとへ戻れば、俺らのことは忘れるだろうと思ったんだ。累には……何もさせたくなかった」

「だけど、累は忘れなかったわね。私をちゃんとここまでおびき寄せたわ」

「ははっ……とんだお姫様だな。累があんたを連れて宿場町まで来たと見張りから聞いて、度肝を抜かれたよ」

見張りという言葉に、玲琳はピンとくる。宿屋を監視していた男を、玲琳は窓から目撃している。

「見張りというのは、背の曲がった男のこと？」

「ああ、爺《じい》のことだな。爺は特に累を可愛がってて……気になったんだろ。累が彪家に戻るって噂を聞いて、自分が見張りをやるって言いだしてな。もう歳だから無理すんなって言ったんだけどな」

　やれやれという物言いが少し可笑しい。

　玲琳はようやく全貌を把握した。玲琳が気づいたように、累も見張りに気づいたのだ。だから、自らの腕を切りつけ、寝台を血で汚して外へ出た。そして見張りが累を山へと運んだのだ。腰の曲がった老爺《ろうや》には難しかろうから、馬でも使ったかもしれない。ともあれ、累は自分を切り捨てようとした盗賊たちを、見事思い通りに動かしてみせたのだ。

「あの落とし穴は？　急ごしらえにしては大きかったわ」

「あれは落とし穴っつーか……獣用の罠《わな》だよ。爺と累が勝手に使ったんだ。爺に呼びつけられて、俺らがどれだけ慌てたか……」

「へえ、私たちは獣と同じ穴にはまってしまったのね。全部累の思い通りだわ」

　玲琳はなんだか誇らしいような気持ちになった。累は玲琳の所有物ではないが、生まれて初めて玲琳が妹と認識した少女である。妹の実行力を、玲琳は姉として誇らしく思ったのだった。

「そうだな、やられた」

　餓破那は観念したように言った。

「こんな貧しい集落で……盗賊とは名ばかりのごろつき集団で……麦や野菜を育てて、山で狩りをして、どうにか食いつないで……目的といえば復讐一つ……いいことなんて何もないだろうにな……」

どことなく遠い目をしている。

そこでふと、玲琳は累の眉間にさっきまでなかった皺《しわ》が刻まれていると気が付いた。もしや起きているのか……？　一考し、すまし顔で話を続ける。

「そうね、累には待っている許嫁たちがいるわ。そこへ帰ればよほどいい暮らしができるでしょう」

「許嫁？」

餓破那は少し驚いたらしく顔を上げる。

腕の中の累がぴくりと動く。

「知らないかしら？　累には三人許嫁がいるわ。その中から一人を選ぶことになっているのよ。三人とも累に夢中で、彼女を娶るにふさわしい男となるため必死なの。さっきお前が穴に蹴落とした男はその一人よ」

「あれは従兄じゃねえのか？」

「従兄で許嫁なのよ」

「……それは初めて聞いたぞ」

餓破那はそこで初めて何とも言えない渋面になった。戸惑いのような、不快のような、安堵《あんど》のような……様々な感情が見え隠れしている。

「言わなかったということは、言いたくなかったのでしょうね」

「それを勝手に言うのかよ、あんたは」

「私は累が何を考えているかなど知らないもの」

玲琳ははぐらかすようにふふんと笑った。

彼は抱きかかえる累を見下ろし……諦念のまじる覚悟を決めたように呟いた。

「それなら、やっぱり帰してやらないとな……」

「傍に置いておきたいとは思わない？」

「……この子が幸福であればいいよ。俺たちは全員そう望んでる」

俺たちというのは言うまでもなく、盗賊たちのことであろう。しかしそこに彼の個人的な感情は含まれていないように思われた。

「お前はどうなの？　お前は累を……ここまで必死で戻ってきたこの少女を、どう思っている？　お前にとっての累は、娘のようだとさっき言ったわね、それ以外の感情は何一つないのかしら？」

「俺に何を言わせたいんだ？」

真っ向から聞き返され、はたと玲琳は考えた。

なぜ自分はこんなことを聞いているのだろう？　そのことを突然疑問に思った。何故か玲琳は、自分が彼にこのようなことを問うのは当然のことだと思ってしまったのだ。だって……

「私は累の姉だもの。お前がどのような男か見定めなければならないわ。姉というものには、妹の行く末を決定する権利と義務があるのだから」

考えれば一瞬で答えは出てきた。姉とはそういうものである。これが玲琳の常識だ。それがこの世の常識でないことは知っているが、玲琳はこの世の常識を己に当てはめて己の常識を歪めることを良しとしない。

玲琳は人を歪めたいとは思わない。その代わり、誰からも歪められたくない。容易に変化できないのは、お前の強みであり弱みだ——そう評したのは死んだ母だ。昨日の意見を今日翻して恥じない——そんな類の強さがこの世には存在すると知っているけれど、自分がそうなれないこともまたよく知っている。

ゆえに、一度自分を姉だと認めたからには、最後まで姉であることを貫くのだ。

「お前が累に相応しくない男なら、私は累を連れて帰るわ。お前は累をどう思っていて、どうしたいの？」

真《ま》っ直《す》ぐに問うた。

「……俺たちは、夕蓮という女に人生を狂わされた。家族を奪われた。その根底にあるのが何だか分かってるよな？　人が、愛とか恋とか呼ぶものだ。俺らは全員、それを否定して、憎んで、恨んで生きてるんだよ」

「だから自分たちは累に相応しくないと？　お前たちは愛する家族を奪われて復讐を決意したのだろうに、愛を否定するというの？　矛盾しているね」

ここにも、「普通の恋」なんてものはないのだろうか。

「……そうだな、俺たちはもう、復讐を果たすことでしか前に進めない。だから、あんたをここへ呼んだんだ。李玲琳、蠱師として、俺たちに雇われてくれ。どうか夕蓮を殺す毒を俺たちに与えてほしい。俺たちを、あの女から解放してくれ……」

真剣な顔で乞われ、玲琳はぞくりとした。

これ以上気づかぬ振りはできなかった。

ここしばらく玲琳を苛んでいた退屈……その正体……

今まで玲琳は、多くの人々から蠱師として求められてきた。

蠱毒を解蠱し、人を救ってきた。

だが……蠱師にとってそれは一面でしかない。その裏側には遥か昔から続く蠱師の本性が潜んでいるのだ。即《すなわ》ち――人を呪い殺すという本性である。

その本能を満たしてくれた人間は、今までただ一人しかいなかった。

玲琳に人を殺すための毒を作らせ、実際にそれで人を……実の父や兄を殺したただ一人の人。玲琳の愛する姉、李彩蘭。

姉だけが、今まで玲琳の裏側に潜む蠱師の本能を満たしてくれていた。だが、今目の前にいる盗賊は、姉と同じく玲琳に毒を求めている。人を殺すための毒を——

そのことが、玲琳の胸の内をどうしようもなくざわつかせた。

不安と恐怖と……眩暈《めまい》がするほどの歓喜。

はっきりと認めてしまうほかなかった。玲琳は自分が退屈していた理由に、きっと最初から気づいていた。

斎へ里帰りした時、玲琳は蠱毒の民を知ってしまった。今まで空想の中にしかいなかった存在を近しく感じた。

玲琳は——蠱師が人を呪い殺す存在だと思いだしたのだ。

蠱師たちが玲琳の命を狙ってくる日を、玲琳は心待ちにしていた。けれど、待てども待てども彼らは来なかったのだ。

命のやり取りがしたい……その想いは満たされない。

認めてしまおう。玲琳は、人を呪い殺したいのだ。そんな毒を生み出したいのだ。

そして今、目の前にその機会が差し出されている。

それを拒む術を、玲琳は持っていなかった。

第三章

自分という男の女運は底なしに悪いと楊鍠牙は思っている。

玲琳が王宮を旅立った翌朝の話だ。

昨夜、玲琳が置いて行った解蠱薬《かいこやく》を飲み干した鍠牙は、半ば気を失うように眠った。ぶっつり途切れた意識が再び繋がった時、辺りはうっすら明るくなっていて、頭の中がぐわんぐわんとかき回されるような感覚がした。意識は判然とせず、自分が起きているのか寝ているのかも分からないほどあやふやだ。

苦痛――とは少し異なる不快感。そんな中、助けを求めるように鍠牙は訳も分からず手を伸ばした。その指先がふと触れた温《ぬく》もりを、反射的に求めてしまったのは罪と言えまい。ろくにまとまらぬ意識のまま、鍠牙はその温もりを抱き寄せた。

いつもそこにあるものだけが自分を救ってくれるということを、鍠牙の肉体は知っている。腕の中にすっぽり収まる小さな体は、鍠牙の悪夢も痛みも毒も何もかも喰らいつくすほどの魔物で、その魔物が傍にいれば自分は人としての形を保っていられるのだ。そのことを、この手は、指は、皮膚は、誰よりも知っている。

それ故に、鍠牙の体は抱き寄せたその熱がいつものそれと違うことを一瞬で感じ取り、拒絶するように相手を離した。

覚醒した鍠牙は勢いよく身を起こす。その急激な変化に眩暈がする。薄く差し込む朝日の中で見てみれば、同じ寝台に入っているのはいつもいるはずの妻ではなかった。

「……里里?」

一瞬、またか……と苦い気持ちがして、必要以上に声が低くなった自分に罪はないと思う。里里が玲琳の留守を狙って鍠牙の寝所へ入ってきたのはこれが初めてではなかった。

勝手に布団へもぐりこんでいた里里は、ゆっくりと体を起こして居住まいを正した。

「おはようございます」

「……何の用だ、いつからいた」

「昨夜からずっとおりました。声をかけても揺すっても、陛下は目をお開けになりませんでしたので、諦めて傍に侍っておりました」

淡々と返事をされて鍠牙は苛立《いらだ》った。

この女は何故か、玲琳が留守にすると鍠牙の部屋へやってくる。側室であれば王の寵愛を得ようとするのは当たり前だろうけれど、里里がそんな理由で鍠牙の部屋を訪れたことはただの一度もなかった。

「何か用事があったか？」

　こんな時でも鍠牙はいつも通りの笑みを作れてしまう。里里はほんの少し首を傾けて、代わり映えのしない無表情のまま鍠牙を見上げた。

「陛下のお情けを頂きたく思いました」

「……またか」

　今度は声に出てしまった。彼女がこの理由を口にするのも初めてではない。字義のまま受け取れば馬鹿を見ることも鍠牙は知っている。

「分かった、情けをかけてやろう。何が望みだ？」

　次第に面倒くさくなってきて、鍠牙はいささか投げやりに答えた。

「よろしいのですか？」

「お前は俺の側室だ」

　心にもないことを平然と。

　里里はじっと鍠牙を見つめていたが、寝台の上でおもむろに膝立ちをすると、鍠牙の肩を押した。

　かなり体重をかけて押され、鍠牙はこらえきれず後ろへ倒れた。再び寝台へと沈むことになった鍠牙は、何が起きているのか分からず困惑気味に里里を見上げる。感情の色一つ見えない里里の無表情が、季節外れの冷たさで鍠牙を見下ろしている。

里里はゆっくりと鍠牙に覆いかぶさり、身体を隙間なく合わせると、唇を重ね合わせてきた。それは完全に予想外の行動で、鍠牙は避けることを忘れた。

どうやら自分はまだ眠っているようだ……などと、現実逃避した頭が考える。

乾いた唇が離れてゆくと、里里は自分が着ている薄衣の帯を解こうとした。

「待て！」

鍠牙はようやく頭が動き出し、飛び起きて思わず怒鳴った。

「……何をしている」

動揺する鍠牙と対照的に、里里は落ち着き払っている。

「陛下は今、お情けをくださるとおっしゃいました」

いや待て、確かに言ったが……確かに言ったが……

「適当な慰み者にしていただければ」

少し緩んだ胸元を押さえて里里は言う。その姿に鍠牙は息を呑む。生じた感情は明白な嫌悪だった。ぞっとしたと言ってもいい。

「私も葉歌さんから斎の姫君必読の夜の書を読ませてもらったことがありますので、知識だけはあります」

またあれかっ!!　鍠牙はこの場にいない女官に殺意を覚えた。

「悪いが……俺はお前に何の好意も持っていない」

嫌悪と憤りを押し隠し、鍠牙は申し訳なさを装ってそう告げる。

「存じております。私も陛下に好意は抱いておりません」

「ならば、こんなことをする理由はないだろう？」

「理由はあります。陛下……お妃様に置いていかれるのは何度目ですか？」

寝台に座り込んだまま、里里は顔を近づけてきた。鍠牙は反射的に身を引く。

「前回も……今回も……お妃様は私と陛下を置いて行ってしまいました。葉歌さんのことは同行させるのに……。陛下は、なぜ葉歌さんを処刑なさらないのですか？」

「は？　処刑……だと？」

この女は何を言っているのかと憤りに近い呆れた気持ちが湧く。しかしその感情は続けられた里里の言葉にあっけなく打ち消された。

「だって、葉歌さんはお妃様を殺害しようとしている暗殺者なんですよね？　それなのに、どうしてお妃様は葉歌さんのことだけいつも同行させるのでしょう？　お妃様はこの世の誰より葉歌さんを信頼しています。そんなの……狡《ずる》いです」

「妃は……そんなことまでお前に話したか」

玲琳はよほど里里に心を許したのだ。鍠牙は苦々しげに目を細めた。この女は、自分がどれほど恵まれているのか理解していないのだ。鍠牙より遥かに近い場所で里里は玲琳に愛されている。彼女に愛されていないのは自分だけだ。それを再確認して鈍く重い痛みを感じる。この痛みを感じていなければ安心できない自分の歪《いびつ》さを同時に理解し、皮肉っぽい笑みが零れる。

「だからといって何故、こういう話になる」

「私が陛下の寵を得れば、お妃様の気持ちが少しは揺らぐかもしれません」

「そんなことで妃は動じないと言ったのはお前だ」

以前、里里はそう言ったことがある。そしてそれには鍠牙も同意する。仮にここで鍠牙が里里を抱いたとて、玲琳は何も思わないだろう。それが分かっていてこんな馬鹿げたことを？

「万が一ということがあります」

「万が一にもありえんな」

「試して失うものがあるわけでもありません」

膝立ちでにじり寄った里里は鍠牙の襟元を摑んだ。

「馬鹿なことはやめてくれ」

言いながら、なるたけ手荒にならぬよう里里を押し返す。鍠牙は基本的に女を手荒く扱うことはない。そんな風に扱う相手は妻である玲琳だけだ。

故に、里里に対してはあまり乱暴にできず、力は変に拮抗《きっこう》した。

じりじりと押し合っていると、部屋の外から声がかけられ、突然扉が開かれた。

「おはようございます、陛下。朝のお支度を……」

鍠牙はぎょっとして入り口を見る。

礼儀正しい挨拶をしながら、女官たちが数人入ってくる。そしてその後ろから側近の利汪が姿を見せた。

「陛下、早くから申し訳ありません。妻が累姫様のことで少々ご相談をと……」

寝台の上で押し合っていた鍠牙と里里はその姿勢で固まった。入ってきた者たちも二人の姿を見て凍り付く。そして彼らの後ろから、一人の女性が現れた。

「お邪魔しますわ、陛下。累姫様のことなのですけれど、心配ですので私もお見舞いに参りたくて……」

軽やかな春風のように言うのは、利汪の妻である朱奈《しゅな》だった。彼女もまた、室内を見て目を真ん丸くする。

彼らの目に映っている光景は間違いなく、しどけない格好の側室と寝台の上で手を取り合っている王の姿。

重苦しい沈黙の末、

「し……失礼いたしました」

女官たちと側近とその妻は、それだけ言ってたちまち踵《きびす》を返した。

何一つ弁明することができぬまま、二人はその場に残される。

あまりの状況に、鍠牙は眩暈がする。自分が一体何をしたというのだ……。絶望感に酩酊《めいてい》しつつ目の前に焦点を合わせると、さっきまで恐ろしいほどの無表情を張り付けていた里里が真っ青になって震えていた。

「……見られた」

唐突に物騒なことを言いだす。

「里里?」

思わず声をかけたが、里里は鍠牙の声など耳に入ってもいないようだ。

「朱奈様に見られた……もうダメだわ……死ぬしかない」

この世の絶望を押し固めたかのような瞳に、鍠牙の姿は映っていない。

利汪の妻である朱奈は、昔から里里を可愛がっていた優しい女性だ。里里が密《ひそ》かに懐いていることを、鍠牙は実のところ知っていた。それは単なる姉への憧れだと思っていたが、何やら様子がおかしい。

「彼女に知られたら何か問題があるのか?」

「朱奈様に……軽蔑されてしまう。朱奈様にだけは嫌われたくない……」

朱奈にだけはというその言葉が、妙に引っかかった。それではまるで……

「まるで彼女に恋慕しているような物言いだな」

思ったことをつい口にしてしまった。途端、里里はびしりと固まり、錆《さ》びついた動きで鍠牙をようやく視界に入れた。いつも変わらぬ無表情をたたえている里里の顔が、見る見るうちに赤く染まってゆく。彼女のそんな顔を見たのは初めてで、鍠牙は驚きに目を見張った。

「……終わった……やっぱり死にます」

「……は？」

呆気にとられた鍠牙を置き去りに、里里はふらりと立ち上がって走り出した。部屋を飛び出す乱れた衣装の側室を、鍠牙は慌てて追いかけた。

「里里！　ちょっと待て！」

鍠牙が呼び止めても振り向きすらしない。廊下を走っていると幾人かの女官が浮かべる驚愕の顔とすれ違う。鍠牙は説明のつかぬこの状況に眩暈がしたが、足を止めることはできなかった。

全速力で駆けてゆく里里を追うと、彼女は庭園に飛び出して井戸に飛びつく。井戸の縁に足をかけ、いきなりそこへ飛び込もうとした。

「里里！」

「……何でしょう」

里里は井戸に足をかけたまま振り向いた。

「……何をする気だ？」

「もう死ぬしかないので」

訳が分からない。ただ、鍠牙の問いかけが的を射ていたのだということだけは分かった。おそらく触れてはならない場所に、土足で踏み入ってしまった。

「お妃様に、お帰りを待っているという約束をたがえて申し訳ありませんとお伝えください」

里里は状況に似合わぬほど淡々と述べ、礼をして井戸へ体重をかけた。

鍠牙にとって、このまま里里が死のうがどうしようが痛くも痒《かゆ》くもない。この女の生命に、鍠牙は関心がない。だが、この女は玲琳のお気に入りだ。玲琳の大切なものを壊すようなことはできない。鍠牙は混乱極まる状況でとっさに叫んでいた。

「里里！　お前は今自分がどんな下着を身につけているか覚えているか！」

胸元の少々乱れたその衣服の下につけている布地について、鍠牙は聞いたのだった。

里里はかすかに口を開いてぽかんとした。おそらく聞かれた者は百人が百人ぽかんとすることだろう。

鍠牙はぐしゃぐしゃになった頭を無理やり動かして言葉を繋ぐ。

「お前が井戸に飛び込んで死んだら、死体は引き上げられて着替えさせられるだろう。その時、大勢の人間がお前の下着を見ることになる。お前が今着ている下着はそれに耐える代物か？　穴が空いたり、汚れたり、流行遅れの色をしてはいないか？」

まくし立てる鍠牙の言葉を、里里は井戸の端に足をかけたまま無言で聞いている。

「よく考えてみろ。いいか、里里。万が一お前がそういう下着で死んだら、お前は死んだあと笑い者になるぞ。死にたいと思うなら、何より初めに下着を着替えろ！」

ほぼ何を言っているのか鍠牙は自分でも分かっていなかった。とにかく目の前で井戸に飛び込みかけている女を引き止めることしか考えていなかった。里里はしばし無言で固まっていたが、ゆっくりと井戸から足を下ろした。

その隙に、鍠牙は一瞬で距離を詰め、里里の腕を掴んだ。彼女を捕獲したことに一応ほっとする。

「……言わないでいただけますか？」

里里は消え入るような声で聞いてきた。

「何をだ？　ああ……お前の想い人についてか？　言うわけがないだろう」

そんなものには何の関心もない——と頭の中で続ける。

「朱奈様に見られてしまいました……」

「同衾《どうきん》したことをか？　それは……用事があって俺が呼びつけたことにしよう。毒草園の世話を妃の代わりにするよう命じるために……とかな」

鍠牙は思いついた適当な理由を口にする。しかし里里は納得しない。

「嘘を吐くということですか？」

「必要な嘘なら吐いておけばいい」

それでも里里はまだ納得しない。

「……ですが、陛下は口を滑らせるかもしれません」

「そんなことはしない」

「……信じられません」

里里は自分の腕を掴んでいる鍠牙を見上げる。無表情なその目つきに、なにやら疑りの気配を感じる。

「そんなに信用できないのなら、傍にいて俺を見張っているといい」

不必要に疑われ、少しばかりムキになって鍠牙はそう言った。

「……では、そうさせていただきます」

冷たい瞳が鍠牙を射る。その眼光を受け、鍠牙は自分が取り返しのつかないことを言ってしまった気がした。

王が側室と一夜を共にした——という噂は、昼を過ぎる頃にはもう後宮中に広まっていた。

「ねえ、本当なの？　陛下が里里様と……」

「信じたくないでしょうけど本当のことよ。私も見たんだもの」

「里里様は側室なんだから当たり前だけど……ちょっとがっかりよね」

「お妃様が知ったらどんなに悲しむかしら……」

「そもそもお妃様は……悲しむかしら？」

女官たちはそんなことを噂し合う。

お前たちは暇なのか？　それとも馬鹿なのか？　と鍠牙は呆れ、腹が立った。

執務室で仕事をする鍠牙の隣に、いつもはいないはずの女が佇んでいる。

側室であり大臣の娘、里里である。里里は鍠牙が言った通り、鍠牙が口を滑らさぬようずっと見張っているのだった。冷徹な瞳は鍠牙だけを見ている。そんな里里を見て、執務室に集う臣下たちは戸惑っている様子だ。

自分が迂闊《うかつ》な発言をしたことを、鍠牙はすでに後悔している。

馬鹿は自分だ……と、何度目になるか分からないため息をついた。

「里里、お前がどうしてここにいるんだ？」

里里の兄である利汪が、鍠牙の隣に立つ妹を見て咎めるように聞いた。

たちまち里里は無表情から一変し、頬を赤く染めて顔を背けた。

「あの……その……陛下が傍にいろとお命じになったので！」

切羽詰まったように叫ぶ声を聞き、その場の一同はざわつく。

「陛下が里里様を……？　どういうことだ？」

「里里、ちょっと待て！　言葉が足りていないだろ！」

鍠牙は慌てて言った。鍠牙が命じたのは見張ることであって、傍にいることを命じたわけではない。

動揺広がる臣下たちの中、最も大きく反応したのは里里の兄たる利汪だった。

「里里、まさか……王妃の座を奪おうなどと考えているわけじゃないだろうな？」

などと突飛なことを言いだす。その突飛な問いに、里里は一瞬で青ざめた。

「違います！　私が陛下と一夜を過ごしたのは……過ごしたのは……陛下が私を部屋に呼びつけて、お妃様の代わりをするようお命じになったからです！」

一同は絶句した。そして鍠牙は気を失いそうになった。

「里里！　おかしなことを言うな！」

気絶してしまいたい気持ちを堪えて感情のままに怒鳴ると、その場の全員が飛び上がった。普段、鍠牙がそんな風に人を怒鳴ることはない。

「申し訳ありません。陛下は私に、嘘を吐いておけばいいとおっしゃいましたが……うまく嘘が吐けなくて」

言ったけども!!　それでは「うまく嘘が吐けないから本当のことを言った」のか

「うまく嘘が吐けないから下手な嘘を吐いてしまった」のか分からないではないか。

そしてその言葉を聞いた一同は、どう見ても前者と捉えたようだ。

軽蔑するような目で彼らは鍠牙を見ている。

そうしてその日の夕方になる頃にはもう、後宮はおろか王宮中に、鍠牙と里里の噂が広まっていたのである。

自分の女運はどこまで悪いのだろうかと、鍠牙は絶望するしかなかった。


そして翌日も受難は続く。

里里はその日も朝からずっと鍠牙に付きまとっていた。彼女はどうも、周りの噂を感じ取ることが下手らしい。自分の言動がおかしな噂の元になっていると、気づいていないのだ。このままでは義姉の誤解も解けぬままだが、そのことすら想像できていない様子である。

そんなわけで、鍠牙はずっと里里に付きまとわれている。

玲琳が王宮を発《た》って三日後の昼下がり、今日も鍠牙は後宮の離れを訪れた。そこには一人の女が幽閉されている。鍠牙の母であり先王の妃、夕蓮という女がここにいる。

鍠牙の姿に気づくと、衛士《えいし》はすぐさま入り口を開けた。

「お前も来るか？」

鍠牙は影のようについてくる里里に聞いた。当然同行すると言うかと思ったが、里里ははっきり首を横に振った。

「いいえ、私は入りません」

「見張っていなくていいのか？」

「見張っていたいですが、入りません」

「どうしてだ？」

「夕蓮様が怖いので」

いつも一切の感情を殺しているかのような里里が、瞬間表情を歪めた。

怖い……？　鍠牙はその返答に驚く。この後宮内に、夕蓮を慕わぬ者はいないと言っていい。幽閉された今も、みなは夕蓮が病に臥《ふ》せっていると信じ、心からその快癒を願い続けている。しかし里里は違うのだ。あの夕蓮を……人の愛情を無尽蔵に喚起するあの化け物を、正しく恐れている。それを知ってぞくりとした。

「……怖いならここで待っているといい」

鍠牙は動揺を表に出さず、里里をその場に残して離れの中へと足を踏み入れた。

離れは二間続きの狭い建物だ。この中でできることは限られている。外へ出られぬ者からしたら、ここの暮らしは退屈以外の何物でもなかろう。

鍠牙が部屋へ入ると、その離れに幽閉された女がぱっと明るい笑みを浮かべて鍠牙を出迎えた。鍠牙の実母、夕蓮だ。

「いらっしゃい、鍠牙。今日も来てくれて嬉しいわ」

花のような微笑み。年齢を時の彼方《かなた》へ置き去りにしてきた美貌。

ここしばらくというもの、鍠牙は毎日母のもとを訪れていた。

「あなたを退屈させるわけにはいかないからな」

そう言って、朗らかに笑いかける。

夕蓮はうふふと笑みを返す。

「まあ……優しいのね」

「約束を守るのは当然のことだろう？」

言いながら、この日も鍠牙は部屋の端へ座った。一面に畳の敷いてあるこの離れで、夕蓮はいつも好きな場所に座している。

「うふふ、分かってるわ。この子たちを貸してあげたお礼に来てくれてるんでしょ」

夕蓮はそっと膝の上を撫でる。そこにはふさふさとした毛を蓄えた猫が五匹、寄り集まっているのだ。

ただの猫ではない。それらは夕蓮を愛し、夕蓮の望みをなんでも叶えてしまう強力にして凶悪な蠱——名を猫鬼《びょうき》という。

一度は玲琳に奪われた猫鬼だったが、少し前に玲琳が蠱師の力を失ったことで夕蓮のもとへ戻っている。その後、力を取り戻した玲琳は猫鬼を再び奪おうとはしなかった。夕蓮がどうするのか見極めようとするかのように、猫鬼を元の持ち主に託し続けている。それに応えているのかどうか分からないが、夕蓮もそれまでのように猫鬼を使って人を傷つけるようなことはしていない。それどころか、この離れから一歩も出ていなかった。

そう……今や夕蓮は、出ようと思えばいくらでもこの離れを出ることができる。彼女がここへ留まるのは、化け物の気まぐれでしかない。

鍠牙は以前一度夕蓮に猫鬼を借りたことがあり、その折に今後ここへ通うと約束してしまったのだ。

化け物をここから出さぬため、この気まぐれを続けさせるため、鍠牙は贄《にえ》のように離れへ通う。

「ねえ、玲琳はまだ戻らない？　もしかして……累姫を気に入ってずっと一緒にいたいのかしらね。嫌だわ……そうだったら私、ヤキモチを焼いちゃうわ」

鍠牙の対角線上にいる夕蓮は、拗ねたように膝を抱えた。膝から降りた猫たちがにゃあにゃあと鳴いている。

「彼女はすぐに戻るさ。安心していてくれ」

鍠牙はうすら寒い笑みを浮かべて諭す。

するとタ蓮はかすかに目を上げ、艶《なま》めかしく微笑んだ。

「本当にそう思う？　ねえ、鍠牙……あなたは累姫が嫌いでしょ？　隠したって分かるんだから。どうして嫌いなのか、当ててあげましょうか？」

歌うかのようにくすくすと笑い、囁くように告げる。

「似てるから……でしょ？」

図星を指され、鍠牙はぎりと歯噛みした。鍠牙が妹を心底毛嫌いしていることを知る者はほとんどいない。だというのに、玲琳といい夕蓮といい、なぜこうも容易く人の感情を言い当ててしまうのか……

「分かりやすいんだから〜」

夕蓮は後ろにころりと転がり、この上なく愉快そうに笑い声を立てた。その笑声すら忌々しく、この女がいつまで生きるのかと想像するだけで気が遠くなる。

「ねえ……私に死んでほしい？」

夕蓮はまるで鍠牙の心を読み取ったかのように、仰向《あおむ》けに寝転がったまま鍠牙の方を見た。

「母の死を望む子などいるものか」

心にもないことを言いながら、鍠牙は吐き気がした。今すぐ消えてしまいたいような心地がする。あるいは……目の前の女を消してしまいたいような気持ちが……

そんな鍠牙の想いを読んだかのように、夕蓮は形の良い唇を開く。

「私に死んでほしいなら……もっとずっと前に殺せばよかったのよ。そうすれば弟は死ななくてすんだわ。お馬鹿さんね、鍠牙。私のこと、それでも信じていたんでしょ。お馬鹿さんで……可愛いわね」

怠惰で艶美で毒々しいその姿。

鍠牙はぞっとし、強烈な吐き気を催してその場から逃げ出したくなった。

鍠牙には毒があると玲琳は言う。自分自身でも己の中にある真っ黒で醜悪な何かをいつも感じている。

だが……目の前のこの女に比べれば、自分の毒など微々たるものではないのか。

自分がただの童であるかのような錯覚に陥る。

ここまで憎んでいるのに……ここまで憎まされてしまったのに……自分は未だにこの女を殺すことができないのだ。

認めたくなくとも認めざるを得ない。鍠牙は今でも……母を愛している。

凍り付いている鍠牙を見て、寝転がった夕蓮は体を起こした。四つん這いでひたひたと猫のように近づいてくる。

動けずにいる鍠牙の眼前に這いよると、夕蓮はそっと手を伸ばして鍠牙の頬を撫でた。間近にある瞳には慈愛と憐憫が込められていて、彼女が心から自分を憐れんでいるのだと分かった。

「可愛くて……可哀想な私の鍠牙。私はね……あなたがそうやって苦しんでいるところが、本当に……大好きよ」

艶やかな唇が弧を描き、背筋の凍る微笑みが浮かべられる。

「毒を飲むたびに、あなたは苦しがって私にすがってくれたでしょう？　可愛くて嬉しくて愛おしかったわ。だからあなたは死ななかったでしょう？　ねえ……私はあなたを殺すつもりなんてなかったのよ。だってあの毒は、あなたを殺すほど強い毒なんかじゃなかったんだもの。私があなたを殺す？　ふふふ……そんなのありえないわ。殺してしまったら……もう遊べないじゃない？」

この上なく楽しそうに、夕蓮は鈴を転がすような声で笑った。

「あなた一人が毒を飲んでいる限り、誰も死んだりしなかったのよ？　身体が弱くて毒の痛みに耐えられない弟に飲ませさえしなければ、誰も死ななかったの。可愛くて……可哀想で……悪い子ね……鍠牙。本当は最初からずっと分かっているのよね？　私の可愛いもう一人の息子を……あなたの愛する弟を……殺したのは私じゃなくてあなたなのよね？」

鈍器で頭を殴られたような心地がした。

動けずにいる鍠牙に飽いたのか。夕蓮は立ち上がって窓の外を見た。

「ねえ、一緒に来たのはだあれ？　話し声だけじゃ分からなかったわ。せっかくだからお茶を飲んでいかない？」

輝く瞳で外の景色を探り、夕蓮は里里と顔を合わせた。

「あら……誰だったかしら？　ええと……待ってね、今思い出すから。あ！　分かったわ。あなたは私の姪《めい》っ子《こ》ね？　死んでしまった私の可愛い明明《めいめい》の妹じゃない？」

「……姜家の里里と申します。今は陛下の側室として後宮に上がっております」

「うふふ、それじゃあ私の娘でもあるのね。仲良くしましょうよ。こっちへ来て」

愛くるしい微笑みを振りまき、夕蓮は窓の外へ手を伸ばした。

「……遠慮いたします」

「ええ～、どうして？」

拗ねた夕蓮の問いかけに、里里は答えない。消えてしまったかのように黙している。

「もしかして……私のこと、怖い？」

夕蓮は窓枠にすがって首をかしげる。妙に婀娜《あだ》っぽい仕草で、唇が弧を描く。

「へえ、そお……あなたって、勘のいい子なのね。あなた、私を好きになるのが怖いのね？　うふふ、そういう人も時々いるわ。ねえ、鍠牙？」

と、夕蓮は険しい顔で睨んでいた鍠牙を見下ろす。

締め付けられるように胸が痛んだ。里里の存在に一瞬期待をかけてしまった自分を恥じた。

「人はみんな私を好きになって、そのことに疑問も持たないの。だけど時々私を怖がる人がいるわ。私に溺れることを怖がるの。臆病で賢い……里里や利汪やあなたみたいにね？　そして本当にごく稀《まれ》に、私がどういう生き物だか分かっていて私を好きになるのを恐れない人がいるわ。それがあなたの大事な玲琳よ」

夕蓮は歌うように語る。

「私はこんなに悪いことをしてるんだから、誰か罰を与えてくれたらいいのに……。それとも、こんな風にずっと退屈でいることが罰なのかしらね」

「……ずいぶん優雅な話だな」

鍠牙は思わずひきつった笑みを浮かべて言っていた。

この女の言葉に真実など何一つありはしない。罪悪感などあるはずもない。

驚いた振り、哀《かな》しい振り、傷ついた振り、それらに翻弄されている周りの馬鹿ども——うんざりだ。

踵を返して離れを出ようとする。

「帰っちゃうの？」

夕蓮は悲しげに首を傾けた。

「明日も会いに来てちょうだいね」

ぺたんと畳に座り込み、鍠牙を見上げる。

二度と来るものか――！　そう叫んでしまいたかった。しかしそれが許されるなら、鍠牙は初めからこんなところにいない。

拒否権はないのだ。彼女は出ようと思えば今すぐここから出られるし、思うまま残虐な振る舞いをすることも出来る。それを止められる者など一人もいない。この女をここへ縛り付けておくのに鍠牙の服従が必要ならば、自分に拒否権はないのだ。

「今すぐ……この世の人間が一人残らず死んでしまえばいいのにな」

我知らず鍠牙は呟いていた。

何の脈絡もないその発言に、夕蓮がきょとんとする。

この世の人間が死に絶えれば……夕蓮をここへ幽閉する理由がなくなる。

夕蓮という女の恐ろしさは、人の愛情を強制的に喚起すること。ならば人が誰一人いなければ……その荒野は鍠牙に安息をもたらすことだろう。

いっそ斎帝国と本気で殴り合いでもしてみれば……

ほんの十数年前――先王と先代皇帝の時代、魁国と斎帝国は戦をしていた。魁を飲み込んでしまいたい大帝国の斎と、それに抗《あらが》う魁。楊鍠牙と李彩蘭の時代になって両国の関係は良好になったが、かつての時代に戻してしまえば……

その結果人々が死に絶えれば……

凶悪な感情に支配されたその時だった。

「陛下！　大変です!!」

側近の利汪が、彼らしからぬ大声を発して離れに駆け込んできた。出ようとしていた鍠牙とぶつかりかける。

「どうした、利汪」

鍠牙は一瞬前まで自分を支配していた凶悪な感情を押し込め、平静を装ってみせた。

利汪は一歩離れて息を整え、何から話すべきか一瞬迷うそぶりを見せ、腹をくくったように口を開いた。

「お妃様が行方不明になりました」

告げられた言葉の意味を把握した瞬間、辺りの景色が灰色に沈んだ。

驚きはしなかった。彼女が自分の予想内に収まってくれないことはよく知っている。

だから驚きはしなかった。

ただ——人々の死を願った罰が当たったのだと思った。

鍠牙が玲琳の失踪した現場へ赴きたいと言い出した時、反対する者はいなかった。

魁の王宮にとって王妃は必要な存在だったし、王が妃を寵愛しているという事実は周知の事実であったから、仕方のないことだとある種の微笑ましさをもって受け入れられたのである。

そう——この事態に陥っても、王宮の者たちには微笑ましさを感じる余裕があった。何故ならこの国の王妃は、李玲琳だからである。

下々の度肝を抜く突飛な行動をとるのは朝飯前で、もはや周りの者は彼女が少々いなくなったからといって、無様に慌てふためいたりはしないのだった。

彼女は無数の蟲に守られる蠱師。傷つけることができる者などそうはいない。

鍠牙を指揮官にいただく一行は、騎馬でその日の夕暮れ時には件《くだん》の宿屋へとたどり着いた。王妃と王女の護衛役を務めていた従者たちは、王の訪れを知って申し訳なさと安堵にひれ伏した。

「この度の失態……我々一同面目次第もございません！　かくなる上は、自刎《じふん》して詫《わ》びる所存でございます」

従者の筆頭を務めていた男が重々しく宣言する。

「あまり思いつめるな。妃が本気で身をくらまそうと思ったら、お前たちでは太刀打ちできまいよ」

鍠牙は微苦笑を浮かべて軽くいなした。

「とにかく詳しい話を聞かせてくれ」

「……はい、ではこちらの部屋へ……」

と、従者は宿屋の一室へと鍠牙を案内した。

「お妃様が宿泊していた部屋です」

説明されて中を見た瞬間、鍠牙は一瞬息を呑んだ。

茶色く変色した寝台がはっきりと目に入る。臓腑《ぞうふ》が冷たくなり、皮膚の内側だけが震えているような気がした。

「……あれは……血なのですか？」

そう聞いたのは鍠牙ではなく、ひたすら鍠牙に付きまとってここまでやってきた里里だった。里里はふらりと足を進め、鍠牙の前に出ると茶色く乾いた布団に触れた。

紙のように白い顔で表情を凍てつかせている。その痛々しい姿を目の当たりにして、従者は重々しく口を開いた。

「三日前の夜、お妃様はこちらで就寝なさいました。我々は他の部屋に控えておりまして、ここで何が起きたのかは分かりません。翌朝、お声をかけさせていただきました時にはもう、血痕を残しお妃様のお姿はありませんでした。累姫様も、女官殿も、同じく行方知れずに……。まことに……まことに申し訳ございません！」

「……お妃様は死んだのですか？」

抑揚のない声で里里が聞いた。問いかけなのか独り言なのかよく分からない平坦な声音は、奇妙に冷たく響く。

「お妃様が死んだら、誰が私に命令してくれるのですか……？」

「案じることはない。妃は生きている」

断言したのは鍠牙だ。里里は人形のような目で鍠牙を見上げた。

「何故そう思うのですか？」

「俺が生きているからだ」

彼女が死ねば、その時には彼女の毒蜘蛛が鍠牙を殺しにやってくる。その約束はまだ有効だ。だとしたら、自分が生きている間は彼女も生きているということだ。鍠牙が生きていることこそが、彼女の生存証明なのである。

それなら、玲琳の身にいったい何があったのか、今どこで何をしているのか……

最も気にかかるのは、玲琳とともに消えたという葉歌の存在だ。あの女は本気で玲琳の命を狙っている。

だが、葉歌が玲琳に何かしたのだとしたら、累の不在がおかしい。

葉歌が累に危害を加える理由はないし、累をさらう理由もない。

けれど葉歌が関わっていないのならば、蠱師である玲琳が易々と悪漢にかどわかされるとは思えないし、葉歌もそれを許さないだろう。

ならば玲琳は、自分の意思でここから姿を消したということになる。

しかしだとしたら、この血痕はいったい何だ？　誰のもので、どういう経緯でここに残された？　この血の持ち主は、はたして生きているのか……？

「……夕蓮様に、もう一度お願いしては？　お妃様を捜してくださるように」

里里が僅かに声を低めて提案してきた。

玲琳がいなくなったと知らせを受けた時、傍には夕蓮がいた。しかし夕蓮は鍠牙が何も頼まぬうちから言ったのだ。

『ダメよ、もう私の猫は貸してあげない。だって、あなたはもう私に渡せる物がないでしょ？』

あの女を思い通りに動かすことなど、玲琳にすらできはしないだろう。

「時間の無駄だ」

鍠牙は淡々と切り捨てた。

この場にいる者を皆殺しにすれば今すぐ彼女が帰ってくると保証されるなら、自分はためらうことなくそうしてしまうだろう。けれど彼らを生贄《いけにえ》に捧《ささ》げたところで彼女が帰ってくることはないと分かっているから、だから鍠牙は冷静な振りをして今ここに立っているのだ。

もしも彼女が戻らないなどということになったら、自分はどうなるのだろう？

その時の自分がどんな姿をしているのか、鍠牙には想像もつかなかった。


鍠牙たちは宿場町一帯を捜索したが、玲琳たちの行方は依然として分からなかった。

そうして三日が過ぎ、鍠牙は捜索の手を広げるために王都へと戻った。

彪家の領地へ使いをやって詳細を知らせたところ、彪家の子息たちは慌てて王都へ飛んできて、末の弟も行方知れずになっていると知らせてきた。

しかし彼らにとっては弟より許嫁である王女の方が重要らしく、累がいなくなったことを確かめると、絶望のあまり王都の屋敷へ籠ってしまった。

その夜のことである。

王都の中央に構えられた、とある屋敷に盗賊が押し入った。

「盗賊だと？」

翌朝執務室で知らせを受けた鍠牙は、怪訝な顔で聞き返した。

「はい、我が姜家の屋敷に賊が」

神妙な顔で利汪は告げる。

机に肘をついて手を組み合わせ、鍠牙は彼に合わせて真剣な顔を作る。

「家人は無事か？　何を盗まれた？」

儀礼的に確認すると、利汪は珍しく言《い》い淀《よど》み、

「……それが…………夕蓮様の部屋を荒らされました」

やや声を低めて答えた。鍠牙は瞬間表情が強張るのを感じたが、次の瞬間にはそれを立て直して鷹揚《おうよう》に聞き返す。

「高価なものでも置いていたか？」

姜家に今でも夕蓮の部屋が残っていることは知っていた。

姜大臣がどんな気持ちでそれを残しているのかは知らないが、様々な貢物をされてきたであろう夕蓮の持ち物が大量に残されているのは想像がつく。

「高価なものも、そうでないものも、様々ございました。……このことは夕蓮様に」

「伝える必要はない」

鍠牙は利汪の言葉を最後まで聞かず答えていた。いささか早すぎたことに舌打ちしかけるが、どうにか堪える。

「このような大事の折に申し訳ありません。ただ……このことはどうしても陛下のお耳に入れておかねばと思ったものですから」

「そうか、しかし今は盗賊捜しに時間を割いている暇はない。すまないが……」

「いえ、違うのです！」

利汪はにわかに声を荒らげた。

「盗賊を捕らえたいという話ではないのです。ただの盗賊であれば、私はこの話を陛下のお耳に入れる必要はないと判断したでしょう」

「どういうことだ？」

ただの盗賊であれば——とはすなわち、ただの盗賊ではなかった——という意味だ。

鍠牙が察したことを利汪も承知したか、厳しい顔で一度頷き、

「盗賊の入った部屋に、この紙が残されていたのです」

すっと一枚の紙片を机に置いた。

鍠牙はその紙を持ち上げて険しい顔になる。

——貴殿の姫君は我らの手に落ちた。復讐が果たされるまで戻ることはない——

紙片にはそう書かれていた。

「これは、お妃様に復讐しようとする者たちの犯行声明のようなものではないかと」

硬い声で言う利汪の首筋に汗が伝う。

二人が何の話をしているか知る由もない他の臣下たちは、行方知れずの王妃や姫を捜す手立てを見つけようと、執務室の中をあれこれ動き回っている。

その喧騒の中、鍠牙と利汪の周りだけ時の流れが止まったかのようだった。

重くねばついた時間を動かすかのごとく、利汪はその先を言った。

「お妃様は、斎帝国で蠱師たちの恨みを買ったと聞いています。お妃様の失踪も、こ

の盗賊騒動も、斎の蠱師たちが目論《もくろ》んだ復讐行為なのやもしれません」

鍠牙は瞬間、体の芯が金属にでもなったかのような感覚がした。痛みを伴う冷たさのようなものが、身の内を貫いた。

そのことは、ずっと案じていたのだ。玲琳は蠱毒の民の怒りを買った。自分の命を狙って来いと豪語した彼女は、いつ殺されてもおかしくない。玲琳は優れた蠱師だが、無敵でも万能でも不死でもないのだから。

「……犯人を見た者はいないのか？」

「盗賊が我が屋敷に侵入した時、見張りを含めた家人たちは全員眠らされて、目を覚ますことができませんでした。何かの薬を盛られたのではないかと……」

利汪が声を潜めて説明する。

「……盗賊の入った現場を、俺も確認しておこう。盗賊が夕蓮の持ち物を盗んだ理由を知りたい」

鍠牙は努めて冷静を装い言った。

額からつうと汗が出る。今年の夏はずいぶん暑いのだなと、現実と乖離《かいり》した意識が考えた。

立ち上がると眩暈がした。そういえば、最後に眠ったのはいつだっただろうか……

魁の王都を、国王をいただく一団が騎馬で闊歩《かっぽ》していた。

街を行く王の姿を認めた民は、歓声を上げつつひれ伏した。

魁の王がこんな風に民の前へ姿を見せるのはそう珍しいことではなく、ちょっとした娯楽として受け入れられているのだった。

行列というにはいささか寂しいその一団を、少し離れて見ている者たちがいた。

「やっぱり斎とは違うわね」

呟いたのは顔を隠すように衣を被った一人の娘。衣の隙間から王の姿を眺め、小さく笑った。町娘に身をやつした彼女は、何を隠そう王の妃である李玲琳であった。

「王はどこへ行くつもりなんだろうな」

聞いたのは傍らに立っている餓破那だ。

「……盗まれた物を確かめに、姜家の屋敷へ……というところかしら」

そう推測し、玲琳は鍠牙の背中が小さくなってゆくのを見送って踵を返した。

二人は連れ立って街中を歩いてゆく。商店の立ち並ぶ大通りを抜け、横道へとそれてゆく。すると街の様子が一変し、どことなく気怠い雰囲気のある通りに出た。

妙にしどけない衣装の女。店先で怠惰に酔っている男。

そんな通りを進んでゆき、二人は通りの中ほどにある一軒の店にたどり着いた。

「お帰りなさい、旦那」

掃除をしていた中年の女が二人を出迎える。

「お嬢様がさっき目を覚ましてね。あんたたちがいないと知ってお冠だわ。どうにかしてちょうだいよ」

女は困ったように笑いながら二階を指した。

「しょうがねえなあ」

餓破那はぼやきながら店の奥へと入ってゆく。

その後に続いて歩きながら、玲琳は何げなく尋ねた。

「ねえ、何日も世話になって今更だけれど……ここは何の店なのかしら？　いったい何を売っているの？」

ここへ来てから三日経つが、玲琳は未だにここが何の店か知らない。

妙に煌びやかで派手な女たちが、夜ごと男の客を迎えている姿を見るが、何が売られているのかよく分からないのだ。

餓破那はちょっと驚いたように振り返り、困ったように視線を泳がせた。

「まあ……あれだ。都の男たち共有の、後宮みたいなもんだ」

その答えに玲琳はピンとくる。

「もしかして、ここは妓楼《ぎろう》とかいう場所かしら？」

「ご名答。何だ、知ってたか」

餓破那はどことなく安堵した風で頷く。

「ええ、話には聞いたことがあるわ。優秀な男を見繕って優れた子を産むための場所――なのでしょう？　庶民の後宮なのよね？」

玲琳が認識する後宮というのはそういう場所だ。この認識が世間の常識はおろか、後宮の常識からもかけ離れているということは、あまり考えない玲琳だった。

餓破那は目を真ん丸くして、可笑しそうに笑った。

「ここは街中で暮らすのには便利だろうけれど……お前たちが長いこと暮らしてきたあの里を、捨ててきてよかったの？」

数十人の盗賊たちは今、店を一軒借り切って、全員がそこに移り住んでいる。玲琳を迎えてすぐ、彼らは里を捨てて街へと降りてきたのだ。

「俺らにとってはこれが最後の機会だと思ってる。だからいいんだよ」

餓破那は店の二階の一番奥にある部屋の戸を開け放った。玲琳と餓破那が連れ立ってその部屋へ入った瞬間、突然の水音と衝撃があり、二人は濡れ鼠《ぬねずみ》になっていた。

一瞬後、自分たちが水をぶっかけられたのだと分かる。手の甲で顔をぬぐいながら部屋の中を見ると、猛牛のごとき様相の少女が寝台に座りこちらを睨んでいた。

「どうして私を置いて行ったのよ」

爛々《らんらん》と光る目が二人を射る。

「累……お前は寝てただろ」

餓破那がため息まじりに答えるが、累の怒りは全く薄れる気配がなかった。

「それなら起きるまで傍にいればいい。薄汚い盗賊が街をうろついたところで怪しまれるのが関の山よ」

「悪かったよ、置いてけぼりにされて寂しかったんだな」

餓破那は一瞬で折れ、累の怒りを鎮めようとする。しかしそれは逆効果で、累の表情は益々頑なものに変わってゆく。

「来て」

と彼女は手を広げた。餓破那はやれやれと言うように一つ嘆息し、少女の目の前で腰をかがめる。累は襟を引いて餓破那に頬ずりし、間髪を容《い》れずにその頬をぶった。

そして何やら満足そうに頷く。

一連の行動が妙に可笑しく、玲琳は笑いながら手近な椅子に座った。

累はムッとしたように玲琳を睨んだ。

「姉様も来て」

居丈高で幼い声に要求されるが、玲琳は応えない。

「来て」

　累はもう一度強く言い、両手を広げた。

「私が欲しいのなら、自分から動きなさい。私がお前に都合よく動くなんて幻想を抱くのはやめることよ」

　すげなく返され、累は口を尖《とが》らせた。しばし玲琳を睨み、観念したように寝台から降りると、足を引きずって近づいてくる。

「意地悪な姉様。大嫌い。汚らわしくて薄汚い胡乱《うろん》な蠱師」

「よく分かっているわね、姉というのは意地が悪いものなのよ」

　故郷の姉を思い出し、くすりと笑う。自分があの意地悪に達するのは到底不可能だろうけれど。

「さあ、累。何が欲しいの？」

　と、軽く手を広げてみせると、累は体当たりするように抱きついてきた。遠慮なく体重をかけられ、こらえきれずに椅子ごと後ろへひっくり返る。

「いっ……！」

　小さく声を上げて、二人は同時に床へ倒れた。

「ははっ……お前、重いわよ」

　けたけた笑っている玲琳と、玲琳に抱きついたまま不貞腐れた顔をしている累を見下ろし、餓破那は呆れたような顔をしている。

「楽しそうだな、あんたら。俺らがここで何をしようとしてるか分かってるか？」

「あたりまえでしょう」

仰向けに寝転んで胸の上に累を乗せたまま、玲琳はにやりと笑った。

「夕蓮を呪い殺すのよ」


その夜、玲琳は僅かな蠟燭《ろうそく》の火が灯《とも》る妓楼の一室で、すり鉢を抱え床に胡坐をかいていた。

いくつもの毒草や鉱物を入れ、丹念にすってゆく。

「姉様は……どうして盗賊の仲間になろうと思ったの？」

少し離れてその様子を見ていた累が聞いてきた。餓破那は仲間たちと計画を練るために部屋を離れている。女官たちも傍にはおらず、室内には二人きりだった。

「自分が何者なのか思い出したからよ。私は蠱師で、毒を扱う者なの」

玲琳はそう断言した。ずっと燻《くすぶ》っていた退屈が、消えていくような心地だった。

「ふうん……蠱師ってこういうことをするのね」

累は室内に並べられた甕《かめ》や壺を眺める。全て玲琳がここに来てから作った毒だ。

「この前、夕蓮様の物を盗むときに使った毒は？」

「眠りの毒？　これよ」

玲琳は傍にある壺を指す。累は興味があるのか、辺りの壺に顔を寄せていた。

「こんなにたくさんの毒を作ってどうするの？　中身は違うの？　どんな毒なの？」

「作った毒を一匙《さじ》ずつ全種類、蟲に与えるのよ。蟲を更に強くするの」

「人にも効く？」

と、累は壺を一つ手に取った。

「もちろん効くけれど、一つだと夕蓮には効かないでしょうね」

「これを全部合わせれば、夕蓮様を殺す毒が作れるのね？」

累は真剣な眼差しで並ぶ毒を見ている。その先に夕蓮の死を見ているのか……

「ねえ、お前は何故盗賊の一味になったの？」

玲琳は手を動かしながら尋ねた。

「夕蓮様が嫌いだからよ」

累は即答する。

「どうして？」

「同じ顔の女は二人いらないわ。私の方が、愛されて大事にされるべきなの。だから夕蓮様はいなくなればいいのよ。夕蓮様ばかりちやほやしている目の腐った馬鹿どもも、これで少しは思い知るわ」

「それがお前の理由？」

「だったら何？　悪いっていうの？」

「大丈夫よ、お前を助けるという約束は守るから」

突然与えられたその言葉が癇に障ったらしく、累は目を吊《つ》り上《あ》げた。

「助けてほしいなんて言ってないわ。私は邪魔な夕蓮様に死んでほしいだけよ。別に恨んでいるわけでもないし復讐でもないと言ったでしょ。姉様は私に騙されたの」

「そう？　お前がそう言いたいのならそれでもいいわ」

玲琳が軽くあしらうと、累は愛らしい顔を引きつらせて床を叩いた。

「嘘なんか言ってない！　私は姉様を騙したのよ!!」

矛盾した物言いをする。

「ええ、見事に騙されたわ」

玲琳は心から称賛する。完全に騙されたことは明白な事実だった。

だというのに、累は悔しそうに唇を噛んだ。

「さあ……上手に夕蓮を呪わなくてはね。上手くいくか楽しみだわ」

玲琳はすり鉢の中身を見下ろしてくふくふと笑った。

「……楽しそう」

「楽しいわ。私の可愛い大事な蟲を、思うままに操るのはいつだって楽しいの」

「……下卑た女ね、姉様」

「そうよ、私は下卑た蠱師なの」

心にもないことをからかうように言い、ちらと横目で累を見やる。累はそれがいつぞやの自分を真似《まね》た言葉だとすぐ気づいたらしく、ぎゅうっと眉根を寄せていた。

玲琳はふっと笑って窓の外を見る。

「そろそろ日が暮れるわ。もう一度盗賊の真似事をしてくるとしようかしら」

そこで部屋の戸が開き、仲間と盗みの計画を立てていたであろう餓破那が部屋に入ってきた。神妙な面持ちで、玲琳を見下ろす。

「李玲琳、支度ができた。行くぞ」

「ええ、それじゃあ行ってくるわね。いい子で待っていて、私の可愛い累」

玲琳は累の肩をぽんと叩いて立ち上がる。累が険のある目で二人を見上げた。

「また私を置いていくのね」

「危ないし、お前は足手まといになるだろ」

餓破那が少しばかり怖い顔を作って諭す。

累がむくれた顔で手を伸ばすと、餓破那は彼女の傍にしゃがみこんだ。累はそんな餓破那に身を寄せて頬ずりし、思い切り肩を殴った。

「必ず帰ってきて。私を置き去りにして二度と帰ってこなかったら殺す」

「分かってるよ」

餓破那はよしよしと累の頭を撫でて立ち上がった。

玲琳と餓破那が部屋を出ていくまで、累はずっと睨み続けていた。


「累は可愛いわね」

五人の盗賊たちを伴い、玲琳は夜の街を歩いていた。夜に紛れる暗い色の服を身に纏い、頭から布をかぶって顔を隠し、目だけを覗かせている。

「そうだな、可愛くて困る」

隣を歩いている餓破那がため息まじりに同意する。

「ところで、商店に何を盗みに行く予定だ？　もうずいぶん毒を作ったみたいだが、まだいるのか？」

「必要なのはこれよ」

玲琳は二本の指で挟んだ紙片をぴっと立てた。餓破那はそれを受け取り、中に書かれた文字を読んで怪訝な顔をする。

「桃、卵、蜂蜜……菓子でも作ろうってのか？」

「まさか、一番重要な毒を作るのよ。これが最後の仕上げだわ」

玲琳がしれっと答えると、後ろを歩いていた手下の一人が口を挟んでくる。

盗賊たちも全員、玲琳と同じような顔を隠す格好をしていた。

「なあ、その材料なら、普通に店で買えばよかったんじゃねえのか？　他の毒を作った材料は、全部買ってたじゃねえか」

「ほんとだよな、わざわざ人から盗むなんてなあ」

「夕蓮の生家から物を盗むのはまあ……仕方なかっただろうけど」

いかにも偽物の盗賊らしく、人から物を盗むことに抵抗があるようだ。

「ダメよ、これは盗まなくてはいけないの。そうしないと機能しないわ」

玲琳は彼らの発言を突っぱねる。盗賊たちは渋々といった様子で口を閉ざした。

そうしてたどり着いたのは、深夜になって閑散とした大通り。昼間であれば賑《にぎ》やかに露店が立ち並び、買い物客であふれかえっている場所だ。

玲琳と盗賊たちは、目星をつけておいた店の前に到着する。

「戸を開けてちょうだい」

玲琳は閉ざされた商店の木戸を指す。

「いや、どうやって」

盗賊たちは一様に困惑の様子で聞き返した。

「頑張って」

玲琳は励ます。

「ぶち破れってことか？」

「まあそうね」

彼らはしばし渋面で考え込んでいたが、首領の餓破那が意を決したらしく腰に吊るしていた鉈《なた》を手に取った。

「分かった、破ろう」

と、彼は扉の境目、施錠してある部分に鉈を打ち付ける。

「急いで破るぞ！　誰か来る前にな！」

餓破那はがんがんと扉を壊しながら手下たちに命令した。手下たちも覚悟を決めたのか、各々手にしていた農具や斧《おの》で扉をたたき壊し始める。木戸はたちまち破壊され、玲琳は開いた扉から速やかに店内へと入った。

「お、お前たち何なんだ！」

店内へ入ると店の持ち主が箒《ほうき》を構えて待ち受けていた。店の戸を破る音に、彼らは当然気づいただろう。全身をがたがたと震わせている。

「……本当にここへ押し入ってよかったのか？　夜は無人になる店を襲った方がよかったんじゃないのか？」

餓破那が耳打ちするが、玲琳は小さく首を振った。

「いいえ、これでいいのよ」

と、軽く腕を上げる。袖口から八枚の羽を持つ白い蛾《が》が躍り出ると、宙を舞って鱗《りん》粉《ぷん》を散らした。その鱗粉を吸った途端、箒を手にした男は白目をむいてその場に倒れた。泡を吹いて意識を失っている。

「……死んでないだろうな」

餓破那は姜家の屋敷へ押し入った時と同じことを聞いてくる。

「平気よ。しばらくは二日酔いのような症状に苦しむかもしれないけれど」

「……気の毒に」

同情する盗賊たちをよそに、玲琳は店内を素早く物色する。

「干し桃、蜂蜜、卵……調べてもらった通り、ここには全部そろっているようね。あるだけ袋に詰めて」

てきぱきと指示し、盗賊行為を完遂する。

自分は案外盗賊の素質があるのではなかろうかと思いながら、玲琳は荷を担いで店から出たのだった。

盗賊たちも玲琳以上の荷物を抱え、人が来る前に急いでその場を後にする。

「こんなもので本当に夕蓮を殺せるのか？」

走って逃げながら、餓破那が疑るように聞いてきた。

ていた。

「大丈夫よ。私の毒はこの世で最も強い毒。ちゃんと機能するわ」

ふふんと笑って夜の街を走る。息が切れることすら、何やら心地いいような気がしていた。

「今度は商店に盗賊が押し入ったという情報が入りました」

翌日の昼のこと、鍠牙は利汪からそんな報告を受けた。

ここしばらく執務室でいつも通り政務をこなしている王に、臣下たちは疑いの眼差しを向けている。傍らには影のように里里が佇んでいる。その光景も、臣下たちの疑念を加速させるのだった。

まさか王は行方不明の王妃を見捨てるつもりでは……？　彼らの眼差しは静かにそう語っている。そんな視線を一身に受けながらも、鍠牙は冷静だった。

「何が盗まれた？」

「干し桃や卵や蜂蜜が、全て盗まれたそうです。店主の話によると、盗賊に押し入られて気づいたら気を失っていたとか……殴られただけかもしれませんが」

「…………なるほどな」

重い沈黙を挟み、鍠牙は低く呟いた。利汪がいつもの王らしからぬその声にびくりとする。

「気には留めておこう」

「……それだけですか？」

「調査はさせているんだろう？　ならいい」

「……分かりました」

利汪は納得いかない様子ながら、それ以上異を唱えることなく下がった。遠巻きに様子を見ていた臣下たちは、やはり王は……と囁き合う。

酷く空気が淀んでいて、誰にとっても居心地の悪い状況に陥っていた。しかし鍠牙は当初のように表立って動くことをしないのである。

何か黒いものに捕らわれてしまったかのように、暗雲が垂れ込めていた。


その日の夜、妓楼の二階にある一室で、新たなる蠱が生まれた。

「さあ……出ていらっしゃい。この声は蠱師の声、あなたに血と命令を与える蠱師の声よ。この血が欲しくば出ておいで」

玲琳の呼び声に応え、壺の中からガサゴソと一匹の蠱が現れる。

灯した薄明かりの中に見えるその姿は蠍《さそり》だ。尻尾をゆらんゆらんと揺らす凶悪なその出で立ち。金属質な鈍色の甲殻。普通の蠍と違うのは、ふさふさとした猫じゃらしのような触角が生えていることと、百足《むかで》のように数え切れぬほどの脚が生えていることだろう。

「綺麗……なんて愛らしいの」
玲琳は頬を染め、うっとりと蠍に手を伸ばす。蠍は床を這って玲琳の手に上り、その手首に獣のような牙を立てた。

「いい子ね。あなたには百を超える蟲と千を超える毒を喰わせた。あなたの毒は強いわ、ちゃんと獲物に喰らいつくのよ」
血をすする蠍の尾を撫でる。

「気色悪い……。できたの？　姉様」
部屋の端に座していた累が声を潜めて問いかけてくる。大きな声を出したら蠍が襲ってくるとでも思っているのだろうか。その隣には餓破那が立ち、部屋の扉からは盗賊たちが覗き、一様に神妙な面持ちである。

「それで夕蓮を殺せるのか？」
餓破那が思いつめた顔で聞いてきた。下ろした両の拳が固く握られている。三十年近く願い続けたことが叶う男の表情とは思えなかった。

「……私の蟲は……私の毒は……猛毒よ。目を離したらこの世を喰らいつくしてしまうくらいにね。必ずお前たちの望みを叶えるわ」

玲琳の唇が三日月の形を作る。

部屋にはこの蠍を生み出す過程で作ったたくさんの毒が置いてあり、いささか邪魔になっていた。それらを手早く部屋の端へ寄せると、いくつかなくなっているものがあると気が付いた。気が付いたが――そのことは放っておいて盗賊たちに向き直る。

「始めましょうか」

腕を持ち上げ、そこに纏わりつく蠍の前に一粒の宝石を掲げてみせた。それは夕蓮の部屋から盗んできた宝石だ。

「私の声をよくお聞き……あなたは私の毒の船、あなたは私の毒の牙よ。この石と繋がる獲物に喰らいつきなさい。そして私の毒を届けておくれ」

玲琳が差し出したその宝石を、蠍はがばっと大きな口を開けて飲み込んだ。蠢く無数の長い牙。蠍とは思えぬその口の不気味さは、玲琳の目に美しく映る。

蠍は静かに床を歩き始めた。

「これで……夕蓮は死ぬのか？」

「きっと大丈夫だ、信じよう」

盗賊たちの不安そうな視線を受け、蠍は夜の街へと出て行った。

風の強い夜だった。

生まれたばかりの蠍は、新月に暗く沈む街の中をかさこそと這ってゆく。

主の命を聞くために。その身に宿す毒を届けるために。

時折人とすれ違っても、暗闇で蠢く小さな蠍に気づく者はいなかった。

蠍は飲み込んだ宝石に染み込む気配をたどり、ひたすら進む。

そうしてたどり着いたのはこの国で最も大きな建物だ。魁の王が住まう王宮。

蠍は門番の足元を静かに通り過ぎる。夜の静まり返った庭園をカサカサ進む。

見張りの衛士とすれ違う。衛士は一瞬足元を見たが、その時にはもう蠍は過ぎ去っていた。

そうして蠍は庭園の最も奥にある離れにたどり着いた。

壁を伝って窓の隙間から離れに入り込む。

使命感も決意も殺意すらなく、蠍はただ命令のままに獲物を求めて床を這い、その奥に寝ている女に近づいてゆく。

すぐ近くまで這い寄ると無数の脚で跳躍し、蠍は女に襲い掛かった。

しかし、蠍の攻撃は横から伸ばされた手に防がれた。女の傍らに座っていた男が、大きな手で蠍を掴んでいた。この時間この場所にいるはずのない鍠牙だった。

蠍は摑まれたまま毒の尾で鍠牙の手を刺した。瞬間鍠牙は顔をしかめ、しばし固まっていたが、にいと笑って蠍を摑む手に力を込めた。

「この女を勝手に殺されると困る」

低い声で脅すように言う。

「鍠牙？　どうしたの？　あら、変な虫……」

布団の中から寝ぼけ眼の夕蓮が起き上がった。

「何でもないさ、あなたはゆっくり眠っていてくれ」

「……今夜は急にここで休みたいだなんて言ったくせに、全然寝ないんだから……変な鍠牙」

「気にするな。明日からはもう来ない」

「あら、昼はまた来てくれるでしょ？」

「……またな」

そう言って、鍠牙は蠍を摑んだまま出て行った。

夕蓮はしばしぼんやりしていたが、また布団に倒れて眠ってしまった。今の不可思議な出来事ですら、彼女の心を動かすには足りないのだ。

鍠牙はすぐさま後宮の自室へ戻り、人を呼びにやった。

しばらくすると叩き起こされた利汪が屋敷から飛んできた。

「兵を用意してくれ」

鍠牙は部屋の真ん中に佇み、淡々と告げた。

「兵を……？　どういうことでしょうか」

疑念をありありと表した表情で利汪は確認する。

鍠牙はふっと苦笑した。

「別に斎の女帝と殴り合いをしようなどと思っているわけじゃない」

「は!?　当たり前です！」

利汪はぎょっとして身を引いた。

「陛下は……お妃様の不在で正気を失ってしまったのではありますまいな」

不穏なことを言う利汪に、鍠牙はどこまでも穏やかに告げた。

「俺はいつでも正気だ。これから盗賊狩りをしようと思う。すぐに兵の支度を」

静かなその命令に利汪は今度こそ絶句した。

ややあって小さく「お妃様……」と、助けを求めるように零したが——無論その呼びかけに返事をする者はいなかった。


「夕蓮はもう死んだのか？」

妓楼の二階にある一室で、餓破那が両手を握り合わせながら聞く。

建物の外は風が強く、びょうびょうと激しく鳴っている。

問われた玲琳が答えようと口を開いたところで――

「ちょっと！　大変だよ！」

妓楼の女将が駆けこんできた。

「何だよ、びっくりするじゃねえか」

盗賊たちはその勢いに驚いて不愉快な顔を見せたが、女将は彼らを押しのけて部屋の奥へと進み、風に軋《きし》む窓を開け放った。

「外を見てごらんよ！」

一同は怪訝に顔を見合わせて、言われた通り窓の外を見る。そして同時に――度肝を抜かれた。

「な、な、何だよあれ！」

玲琳も立ち上がって窓の外に目をやる。そこにはいつの間にか数百人の兵士が集まり、建物を囲んでいるのだった。

その先頭で兵を率いているであろう騎馬の男が二階を見上げた。鍠牙だ。彼は窓から顔を覗かせる玲琳を見て馬を下り、妓楼の扉を開け放って中へと足を踏み入れた。

「困ります！　いったい何なんですか！」

階下で争う声がする。しかし鍠牙は構わず階段を上がり、玲琳たちのいる部屋へと押し入ってきた。

何が起きたのか分からない一同は唖然として彼を見ている。

「おい、あんたいったい……」

餓破那がその場の全員を庇うかのように前へ出た。しかし彼の言葉を最後まで聞かず、鍠牙は思いきり餓破那の顔面を横殴りにした。餓破那は一撃で壁に叩きつけられ、崩れ落ちる。傍に座っていた累が取りすがって頬を叩くと、彼はかすかに呻いた。

突然の出来事に、一同は恐怖と驚きで凍り付いている。

そんな彼らをぐるりと見やり、鍠牙は皮肉っぽく笑った。

「よくもまあ……こんなところに隠れていたな」

「こんなところへ何か用事？」

玲琳もにこりと笑って問い返す。

鍠牙は足音荒く進んでくると、窓際にいた玲琳の腕を摑まえた。

「女を一人買いに来た。あなたを買おうか、いくらだ？」

にやりと笑うその顔に、隠しきれない怒りが覗く。

「私は金のかかる女よ」

「欲しいだけいくらでも払おう」

「そうね……どうしようかしら」

唇に指先を当てて考える素振りをすると、鍠牙は凍てついたような目で笑った。

「どうしても嫌だと言うなら、この建物を燃やす」

「……は？」

想定外のことを言われて玲琳は目をぱちくりさせる。

「店がなくなれば、あなたを連れていっても問題ないな？」

いつもの冗談めかした感じではなく、ごく当たり前のことを言うような口調で聞かれ、玲琳は戸惑った。

「……こんな風の強い日に火をつけたりしたら、辺り一帯燃えてしまうわ。下手したら王都が火の海に沈むわよ」

「ん？　……何か問題があるのか？」

本気できょとんとされ、玲琳は悟る。

しまった、やりすぎた。この男――完全にキレている。

「仕方がないわね、お前に買われるわ」

答えを聞くや否や、鍠牙は玲琳を抱き上げた。いつもの粉袋的な担ぎ方。啞然としている盗賊たちの間を通り過ぎて部屋を出ると、同時に兵がなだれ込んでくる。

「全員捕らえろ。逆らうなら殺してもいい」

そう告げて、鍠牙は妓楼から出て行った。

そうして一刻後、玲琳は牢《ろう》の中にいた。

王宮の一角――行政区を挟んで後宮とは対角線上に兵の詰め所があり、その端に薄暗い半地下の牢屋が備えられている。ここしばらく大きな戦は起きていないが、兵は王宮や市中を守る役割もこなしているという。

そしてその牢屋に、王妃たる玲琳が閉じ込められているのだった。

更に隣の牢の中には、盗賊たちも全員押し込められている。

彼らは、隊列をなす兵士たちの前になすすべもなく捕らえられてしまったのだ。

体の弱い累は自分の部屋で保護されていて、無理矢理連れ去られただけの新米女官も投獄されることなく累の世話をしている。

「あなたのしたことは重罪だ。場合によっては酷い処分を下すこともありうる」

玲琳の入っている牢の前で、腕組みした鍠牙が言った。

「申し訳ありません、陛下！　お妃様をお許しください！　お妃様は身勝手で自己中心的で訳の分からないことばかりなさいますが……どうかお許しください！」

玲琳を擁護する気は全くないらしい女官の葉歌が必死で叫ぶ。彼女も玲琳と同じ牢屋に入れられているのだった。

玲琳はかすかに苦笑いして、鍠牙と正対した。

「私を処刑する？」

「されたいならしてやろうか？」

「したいならしてもいいのよ？」

両者は顔を見合わせにこりと微笑みあう。それを見ていた一同は、不穏なものを感じて青ざめる。

「あなたの代わりにあの盗賊たちを全員処刑することにしよう」

盗賊たちはぎくりとしたが、玲琳は脅されても平然と応じた。

「お前はしないわ」

「……何故そう思う？」

「お前は全部分かっていて、私の思い通りに動いていたもの」

その答えに鍠牙は表情を引きつらせ、思いきり舌打ちした。

「ああ、そうだな。あなたが盗賊の根城の近くでいなくなったかと思えば、薬を使う盗賊が夕蓮の部屋に入り、その上商家で干し桃や卵や蜂蜜が盗まれる……。これであなたが裏から手を回していると気づかない奴は、ただの馬鹿だろう。夕蓮を狙ったこの蠍の毒も、俺には効かなかった。これはあなたの蟲だな？　俺をちゃんとあなたのもとへ案内したぞ」

鍠牙は袂《たもと》から蠍を取り出した。尾をつままれた蠍がぶらんぶらんと揺れる。蠱は霊的な存在だが、無論人を噛むことも出来れば、人が触れることも出来る。

彼の答えに玲琳は満足げな笑みを浮かべた。

嫁いで少しした頃、玲琳は解蠱薬を作る材料として、干し桃や卵や蜂蜜を求めたことがある。鍠牙はきっとそれを覚えているはずだと、玲琳は思っていたのだ。自分が後ろにいることを知らせるため、玲琳はこの盗賊行為を行った。

「なっ……李玲琳！　あんたまさか、俺たちを騙したのか！」

盗賊たちは愕然として、たちまち激昂した。

「私はただ蠱師として、お前たちの望みを叶えようとしただけよ」

玲琳は真剣な表情になり、隣の牢に詰め込まれた盗賊たちに告げた。それを聞き、鍠牙が訝るように眉を顰めた。

「姫、この盗賊たちはいったい何だ？　あなたは何をしようとしている？」

「彼らは――夕蓮に恨みを抱く者たちよ」

玲琳がその名を出すと、鍠牙は一瞬瞠目し、納得するように深く息を吐いた。

「復讐……あの紙に書かれていたのはそういうことか……」

察しのいい夫に、玲琳は微笑した。盗賊たちから聞いた今までのことを、鍠牙に一つ一つ話して聞かせる。鍠牙はろくに相槌も打たず最後まで黙って聞いていた。

「そういう事情で、私はこの盗賊たちに雇われたのよ」

玲琳がそう話を締めくくると、盗賊たちはまた牢に取りすがって喚《わめ》きだす。

「だったらどうして裏切ったんだ！」

「お前たちの望みを叶えると言っているでしょう？　お前たちの望みは、夕蓮から解放されること……そうよね？」

玲琳は念を押すように聞く。

「ああ、そうだ！　だから夕蓮を今すぐ殺せ！」

「俺らをあの女から解放しろ！」

盗賊たちは、追い詰められて血走った目で叫びながら牢を叩いた。彼らの叫びを聞き、鍠牙は痛みに耐えるような表情で拳を握っている。

盗賊たちはなおも叫び続けている。そのぞっとするような光景を眺め、玲琳はゆっくりと首を傾けた。

「お前たちは、自分たちが異常だと気づいている？」

穏やかに、そしてはっきりと、そう問いかける。

「え……お妃様がそういうこと聞いちゃいます？」

後ろでぼそっと呟かれた葉歌の声は、聞かなかったことにしておこう。

「三十年――想像もつかない歳月ね。私が今まで生きてきた時間の倍近くあるわ。それほどの長い間、山奥にこもり、楽しむこともなく、ただひたすら一人の女のことだけを考え続ける。……異常だわ」

玲琳の淡々とした言葉に盗賊たちは絶句する。おそらく彼らは今の今まで自分たちを顧みたこともなかったのだ。それくらい、彼らの心は夕蓮という一人の女に囚われ続けていた。

「ねえ、それは愛と何が違うの？　お前たちは、自分が思っているような復讐者ではないわ。お前たちの死んだ家族と同じ……夕蓮に捕らわれただけの虜囚《りよしゆう》よ。夕蓮を殺せば、きっと生涯逃れられなくなる。お前たちは解放されないわ」

その場はしんと静まり返った。

「この私が誓うわ。夕蓮は死ぬまで王宮に縛り付けておく。これ以上の被害者は出させない。だからもう……お前たちは夕蓮を諦めなさい。お前たちがどれだけ憎んだところで、あの女はお前たちに振り向かないのだから」

きっぱりと告げられ、盗賊たちは呆然とへたり込んでいる。

冷え冷えとした沈黙がその場を支配していると、突然そこへ駆け込んできた者がいた。里里である。玲琳は置き去りにしてしまった彼女に声をかけようとしたが、里里は玲琳に気づかず鍠牙に駆け寄り、彼の腕にすがった。

「私の監視下から勝手にいなくならないでください、陛下」

無感情に言いながら、鍠牙の腕に強くしがみつく。

その光景があまりにも意外で、あまりにも驚いてしまって、あまりにも想像の範囲外で……玲琳は牢の中で座り込んだまま固まってしまう。

鍠牙は腕にすがる里里を振り払い、牢の中を示した。

「里里、お前のご主人様がご帰還だ」

すると、ようやく玲琳に気が付いた里里が、無表情の仮面を放り投げて目を真ん丸にした。

「お妃様！　やっと戻ってきてくださった！」

彼女は玲琳に向かって突進すると、勢い余って牢に激突する。痛みに顔面を押さえてしゃがみ込み、牢の中へ手を伸ばしてきた。

「お妃様……お妃様……お願いです、私に命令してください」

涙目で懇願する。

玲琳は思わず里里の手を握り、心配させた詫びに何か命令を与えようと思案し――

「里里、お前……私のものに触ってはダメよ」

そう言った。言ってから己の感情の動きに驚く。玲琳は今たしかに怒りを覚えていたのだ。

「はい、私はもうお妃様のものには触れません」

　里里は一瞬びくりと肩を震わせながらも、ようやく落ち着いたらしくいつもの無表情に戻り、玲琳の命令を忠実に受け取った。

　その答えに満足し、玲琳は隣の牢にいる盗賊たちの方を向いた。

「諦める気になった？　諦めるのなら、お前たちをここから出すわ。盗賊などやめなさい、そもそもお前たちには向いていない。お前たちはろくに物を盗んだこともないのでしょう？　何の罪もないのだから、これからは堂々と生きればいいのよ」

　呆然としている彼らを諭す。

「勝手なことを……俺たちが処刑されることとなんか分かってるさ。全部覚悟の上だ。俺たちには彪家の当主を殺した罪がある」

「いいえ、お前たちに罪はない。殺したのは、お前たちではないでしょう？」

　途端、盗賊たちの表情が強張った。憎悪や殺意に似た感情を帯びたいくつもの瞳が、玲琳一人に据えられた。並の者なら竦《すく》んで言葉を続けられなくなったかもしれないが、玲琳は無神経に先を続けようとした。しかしそんな玲琳の口を、背後から伸びてきた葉歌の手が突然塞いだ。

　葉歌は玲琳の発言を封じ、牢が並ぶこの建物の出入り口を鋭い目で見た。

「……誰かいます」

一同の視線が出入り口に集中する。訝しげに眉を顰めた鍠牙が大股で外へ出ると、かすかに争うような音がして……一人の男を引きずって入ってきた。

ズタボロの格好で、足を怪我しているのか引きずっている。整った顔立ちの若い男。見覚えは……あるような、ないような……

「彪家の！　ほら、三男の方ですよ！」

葉歌が耳打ちする。

「ああ、お前……！　生きていたのね」

玲琳は目を見張る。穴に蹴落とされて山の中へ置き去りにされた、従兄其之三。

「……ど、どうにか生きて戻って参りました。盗賊が捕らえられたと聞いて……累も一緒にいるのではないかと……」

「累はここにいないわ」

玲琳は端的に答える。従兄其之三はすぐさま累を求めて立ち去るかと思ったが、思いつめたような顔で佇んでいた。

「お妃様……先程の話は本当ですか？」

「どの話？」

「父を殺したのは、盗賊たちではないと」

従兄其之三の声はかすかに震えていた。まるで、分かっていてなお明らかにしたくないことを問うているかのように。

「聞きたくないのなら立ち去りなさい。私は今からお前の心を潰すことを言う」

従兄其之三は固く拳を握り締めて、しかし立ち去りはしなかった。

玲琳は彼に向けて——その場の一同に向けて——無情に告げた。

「あの子は私に言ったのよ、一人殺すも二人殺すも同じだ……と。彪家の当主を殺したのは……累ね？」

最後の一音を盗賊たちに向ける。途端、

「違う！　殺したのは俺だ！　俺があの男を刺した！　累じゃない！」

ガシャンと激しい音を立てて鉄格子を摑み、餓破那が叫んだ。鬼のごとき形相で、彼は必死に累を庇おうとしていた。

従兄其之三は顔面蒼白で、今にも気を失いそうだ。

「いいえ、お前たちに人は殺せない。人に迷惑をかけることを厭い、干し桃一つ盗むことすら怯んだ盗賊が、この世の誰を殺せるというの」

玲琳は無慈悲に切って捨てる。

「あの子は私に、恨みも復讐も嘘だと言ったわ。だけど、累が私に見せたあの憎悪が全部嘘だったなんて信じられない」

烈火のごときあの憎悪を、向ける相手がいないなどありえない。

「累には確かに憎む相手がいたのよ。それが彪家の当主、累の伯父」

玲琳はじろりと盗賊たちを睨む。

「お前たちはそれを知っていて庇ったのね？　累は何故、伯父を憎んでいたの？」

盗賊たちは答えない。厳しい表情を固めて黙っている。

「ならば、累に直接聞くわ」

その言葉に、従兄其之三がびくりと反応する。青ざめた彼の顔に、脂汗がびっしりと現れている。

「やめろ。累に聞くのはやめてくれ。頼むから……」

重々しい口調で言ったのは餓破那だった。

「彪家の当主を殺したのは本当に俺なんだ」

「言いなさい」

この男は折れたと感じ、玲琳は端的に命じる。

「……累の乗る馬車を襲った時の話はしたよな？」

「ええ、覚えているわよ」

「俺らは馬車を襲って無理矢理停止させた。馬車の戸を開けたら……多分止まった時の衝撃でぶつけたんだろう、彪家の当主は頭から血を流して死んでたんだ」

「それだけ？」

「……それだけだ」

「累に確かめるわ」

「あんたは累が可愛くないのかよ!!」

　餓破那は激昂して鉄格子を殴った。

「彪家の当主の喉には累の簪《かんざし》が刺さってた！　累の着ている物は乱れてて、酷いことをされたんだとすぐ分かった！　だから俺は男の心臓を剣で刺して、死体を谷に捨てた！　まだ生きてた可能性のあるあの男を、俺がこの手で殺して捨てたんだ！　ここまで聞けば満足か!!」

　激しく怒鳴り散らす。事情を知っているであろう盗賊たちは唇を嚙んで俯き、それ以外の者は驚きに言葉を失った。

「どんな目に遭ったのかは知らないが、累はいつも悪夢を見てる。俺は累が何をされたのかは絶対に聞かない。だからあんたたちも聞かないでくれ」

　苦い顔で懇願され、玲琳はどう答えればいいのか迷った。

　考えていると、従兄其之三が急に笑い出した。

「はは……本当に……累は父上を殺してしまったのか……」

　そうして糸が切れた操り人形のように座り込む。

「……そうだろうな……父や兄がおかしくなっているのは分かってた。もっと早く止めるべきだったんだ。そうすれば……累は手を汚さずに済んだのに……」

「黙れよ！　余計なことをしゃべるな！　累が知られたくないことをお前がしゃべるんじゃねえ！」

　餓破那が怒鳴りつける。

「……俺は累を救えなかったよ。なあ、盗賊……だったらお前は累を救えるのか？」

　真っ向から切り返され、今度は餓破那が口を噤んだ。

「父と兄が累に何をしたか、お前は何も分かってない。手籠《てご》めにしたとでも思ってるんだろ？　いいや、父も兄も累には触れていないさ。彼らは累自身を見てもいなかったんだよ。あの人たちは累を……夕蓮様そのものにしようとしたんだ」

　座り込んでいる従兄其之三は、己の膝に爪を立てた。

　理解の埒外《らちがい》にあるその説明に皆が放心していたその時、累の付き添いをしていた新米女官が駆け込んできて叫んだ。

「申し訳ありません！　ああ……どうしましょう……目を離した隙に、累姫様がいなくなってしまわれました……！」

第四章

『あなたがお腹《なか》に宿った時、私はどうか愛しい人に似た子が生まれますようにと願ったのですよ。たくさんお願いをして……色々なお薬を飲んで……毒も飲んで……怪しい呪い師にも頼んで……ようやく生まれてきたあなたは、私が望んだとおりの子でした。だから私はあなたが可愛いのですよ』

最も古い母の記憶はその言葉です。私は母に愛されていました。

私は生まれつき体が弱かったので、あまり父と過ごすことはできませんでしたが、母は私を可愛がってくれましたし、母の兄である伯父も、その息子である従兄たちも、私を何より愛《いつく》しんでくれました。

そんな私が、どうやら自分が愛されているのではないと気づいたのは、七歳の頃だったでしょうか。

私は『彼女』の代用品でした。

ならばより本物に近づくよう努力しても良かったのでしょうが、それは私の矜持をいたく傷つける行為に思えましたので、私は彼らが求める本物から遠ざかるよう全力を尽くしました。

本物の彼女は誰からも愛される花のような女性でした。たおやかで、輝いていて、この世の光を一身に集めているかのような人外の美しさを持っているように思えました。仙女が人の世に降りてきたかのようで、私とは少しも似ていないと思いました。それでも母や伯父や従兄はずっと前から彼女に心を奪われていて、私を彼女に近づけようとするのです。

面の皮一枚で私と彼女を似ているという人々を、私は酷く愚かだと感じました。彼らがあまりに愚かだったので、私は彼女と自分が似ても似つかぬ存在であることを示さねばなりませんでした。

彼女が誰かの頬を撫でるなら、私は誰かの頬を杖で打たねばなりません。

彼女が誰かに優しい言葉をかけるなら、私は誰かを罵倒せねばなりません。

彼女がみなを愛するのなら、私はみなを憎まねばなりません。

彼女が万物に愛されるのなら、私は万物に疎まれねばなりません。

私は彼女ではないのです。

私は……私は……私はいったい……誰なのでしょうか？

母は死の間際、私の手を取って彼女の名を呼びました。

私はその死体を踏みつけて、唾を吐いて、罵りましたが、何をしようと母が私を私の名で呼ぶことはもうありません。

伯父と従兄たちは益々私を愛しみました。そんな彼らもまた、思い悩んでいたのです。私が彼女と同じにならないことに……

伯父は私に、彼女が育った環境と同じ環境を与えようとしました。どのような屋敷で育ったか、どのようなものを持っているか、どのような教育を受けたか、どのような人間と接してきたか……あらゆることを調べてそれを真似ましたが、私が彼女と同じになることはありません。当たり前です。私は人間であって、仙女ではないのですから。

それからしばらくして、伯父はとある噂を手に入れました。なんでも彼女は嫁ぐ前、屋敷の使用人たちにさらわれて汚されたというのです。

馬鹿げた話です。仙女を汚せる人間などいるはずがないのに……

けれど伯父はその噂を信じ――使用人たちに命じて、私に同じことをさせました。一番上の従兄と二番目の従兄が、同じ部屋の中でその様子を見ていました。彼らはとても真剣で、私が彼女に少しでも近づくことを心から願っていました。

それに加担しなかったのは、三番目の従兄だけでした。

三番目の従兄だけは、私にそのままでいいと言ってくれたのです。

その出来事のあと、私は数日間部屋に籠りました。伯父たちは私がおしとやかになったと喜び、それからというものその行為を幾度となく繰り返させました。

私はその度に暴れ、罵りましたが、それが終わることはありませんでした。

そうしてそれは……三年のあいだ続いたのです。

私が盗賊に襲われたのは、そんなある日のことでした。

彼女の衣を特別に下賜されたと浮かれていた伯父は、馬車の中で私を着替えさせようとしていました。着替えの途中で馬車が急停止し、窓枠に頭をぶつけた伯父は血を流して意識を失ってしまったのです。

その姿を見た私は、気づけば自分の髪を飾っていた簪で伯父の喉を刺していました。あまり、ものを考えていなかったように思います。ただ無心で、何度も何度も……何度も何度も何度も何度も何度も刺しました。

そうしていると馬車の戸が開かれて、知らない男が入ってきました。

私は男に何かを言ったような気がしますが、それもよく覚えていません。

男は怖い顔で伯父の胸を一突きにすると、死体を引きずり出して谷に捨てました。

「殺したのは俺で、お前じゃない」

その男は私にそう言いました。どう考えても胸を刺される前に死んでいたのに……

そうして――私は盗賊になったのです。

◇◇◇

深夜の街を馬が走る。その背には一人の女が跨《またが》っていた。

女を乗せた馬は無人の通りを疾走し、とある屋敷の前で手綱を引かれ、足を止めた。

「いい子ね、ありがとう」

馬上の女——玲琳は馬の鬣《たてがみ》を優しく撫でた。

そうして目の前にある大きな屋敷の門扉を睨んだところで、遠くから蹄の音が近づいてきて、数頭の馬が追い付いてきた。

「姫……速い！」

渋面で文句を言ったのは鍠牙だ。

「私が速いのではなく、この子が速いの。そしてお前たちが遅いのよ」

玲琳はぽんぽんと鬣を叩きながら振り返る。

「そんなことより、ここが誰の屋敷だかお前は知っている？」

「彪家の屋敷だ」

鍠牙は厳《いか》めしい顔で屋敷を睨みつけた。

己の領地だけではなく、この王都にも彪家は屋敷を構えているという。生まれ育った斎の絢爛《けんらん》な建物と比べれば地味だが、夜に見るとその佇まいには迫力があった。

「やっぱりそうなのね……彪家の息子たちがここに籠っているというのは本当？」

玲琳は再度確認した。

「そう聞いている」

鍠牙はしかつめらしく頷く。累が宿場町でいなくなったと聞いた従兄其之一と其之二は、絶望のあまり王都の屋敷に籠っているらしい。

「……累は本当にここへ来ているのですか？」

鍠牙の後ろに騎馬で付き従っていた従兄其之三が躊躇《ためら》いがちに聞いてきた。

「おそらくね。あの子は私の毒を盗んだから」

「あなたの毒を？　累が？」

いささか非難の響きを交えて鍠牙が聞く。

「ええ。夕蓮を呪う前、造蠱《ぞうこ》の途中で作った毒がいくつかなくなっていたわ。あの子が盗んだのでしょうね。興味を持っていたようだから」

「ちょっと待てよ、李玲琳……あんたはそれを知っててほっといたのか！」

叫んだのは、黙って離れていた餓破那だ。盗賊として捕らえられた男だが、今は解放されて馬に乗っている。

「累に毒だと？　そんなの……ヤバいことが起きないわけないだろ！」

「でしょうね」

と、玲琳は至極真面目に頷いた。

両者ともに累という少女の気性をよく理解していると言えよう。

「私の毒で何をしたいのか知りたかったの。あの毒には目印をつけていたから、私の蟲がその匂いを辿《たど》ればすぐに見つけられるのよ。だから累を放っておいた」

玲琳の肩には、毒の匂いを追ってきた一匹の蜂がとまっている。

「累に会いに行きましょう」

そう言って馬から下りる。闇のなか目を凝らすと、大きな門の隣にある通用口がわずかに開いていた。

「待て、姫。勝手に入るな」

鍠牙が慌てて玲琳を引き止め、下馬すると先に屋敷へ足を踏み入れた。

玲琳と餓破那と——そして累の従兄其之三が後に続いた。

「中を案内してくれ」

敷地の中へ入ると、鍠牙は従兄其之三を前に押しやる。

従兄其之三はごくりと唾を飲んで、屋敷の戸を開け放った。

「……だ、誰かいるか」

玄関口と思しき場所で声をかける。すると深夜にもかかわらず、奥からすぐに侍女たちが現れた。

「坊ちゃま！　よくご無事で……私たちがどれほど心配したか。先ほど累姫様もおいでになって、今はお兄様方の部屋に」

侍女の言葉に玲琳と鍠牙は顔を見合わせた。

「まだ生かしているかしら……」

侍女たちには聞こえぬよう不穏な言葉を囁く。

「……どうだろうな」

と、低い声で鍠牙が相槌を打つ。

「っ……おい！　兄たちの部屋というのはどこだ！」

餓破那がたまらず従兄其之三の襟首をつかみ上げた。

侍女たちがそれを見て小さく悲鳴を上げる。

「北の奥に……」

従兄其之三は苦しげに答えて奥の方を指した。餓破那は彼を放り投げて示された方へと駆け出した。その後を追って、従兄其之三も駆けてゆく。

それを見た鍠牙が無断で玲琳を担ぎあげ、彼らを追って走り出した。

「ちょっと……！」

「この方が速い。馬には劣るがな」

玲琳の非難を適当にいなして彼は走る。

屋敷の奥まで駆けてゆくと、従兄其之三は立ち止まった。

「ここだ」

息を切らして言う。その部屋を通り過ぎていた餓破那が急停止して戻ってきた。

鍠牙もすぐに追いつき、玲琳を廊下に降ろす。

従兄其之三は一瞬身震いし、部屋の戸を開け放った。

「累！　兄上！」

声をかけるが返事はない。

赤い敷物が敷き詰められた部屋の中は薄明かりが灯されていて、血に浸された臓腑に飲み込まれたような心地がする。

一同は室内を見回して息を詰めた。

床に、二人の男が倒れていた。累の従兄其之一と其之二。そしてその傍に、累が座り込んでいた。

「いらっしゃい……兄様、姉様」

累はかすかに目を上げて微笑んだ。

「また兵を大勢連れて来たの？」

「……いいや、来たのはこれだけだ」

鍠牙はその場にいる者たちを軽く顎で示した。累はくすっと笑った。

「へえ……兄様はとても冷静。姉様を迎えに来た時はあんな無茶《むちゃ》をしたくせにね。兄様が取り乱すのは姉様が関わった時だけなのね」

鍠牙は妹の指摘に何も答えなかった。答えられなかったか、答えるのを厭ったかは分からない。

一番前にいた従兄其之三が、沈黙を割って言葉を発した。

「……累、心配したよ」

案じるようなその言葉に、累は冷たい目線を投げつける。

「生きてたのね。二度と戻ってこなければ、お前だけは放っておこうかと思ったけど……帰ってきたのね」

「累、兄上たちは……まさか……」

恐怖に喉が締まったか、その先の言葉は消えた。瞳はピクリとも動かない兄たちに据えられている。

「毒を飲ませたの。姉様が作った眠りの毒よ。薄汚い顔で怠惰に眠っているわね……醜いわ。これから決着をつけようと考えていたところ」

累は傍に転がしていた杖を手にして、眠る従兄たちを小突いた。どうやらまだ生きているらしい。

累の目の前には大きな陶器の皿が置かれていた。深紅の敷物に置かれた白磁の皿に、黒い液体が注がれている。闇を閉じ込めたような黒さで、室内の明かりを一切反射しておらず底のない虚《うろ》のように見えた。そしてその横に置かれた青磁の碗《わん》には、月を宿したような銀色に輝く液体が満たされていた。

玲琳は思わず目を剝《む》いた。

「お前……よくもまあ的確にそれを選んだわね」

「あれは何だ？」

鍠牙が玲琳の肩を引いて問いかけた。累を刺激しまいとする小声。

「私が作った毒よ。あの子が盗んだものの中で、一番強い毒。私の蟲に生ませた蠱毒。あの黒い液体に銀の液体をまぜると、毒霧が生じるわ」

「どうしてそんなものを作った！」

鍠牙が玲琳の肩をもっと強く引いて非難する。

玲琳は口をとがらせて鍠牙の手を払った。

「夕蓮を呪うのに必要だったのよ。やるなら本気でやらなくては」

「……あれで人が死ぬのか？」

「死ぬわよ」

「どのくらいの人が死ぬ？　逃げる時間はあるか？　部屋から出て戸を閉めれば防げ

るか？」

鍠牙は累に聞こえぬよう限界まで声を潜めた。

「毒霧が発生したら、十数える前にこの屋敷にいる全ての人間が死ぬわ。戸を閉めても意味はない。あれは壁をすりぬける」

「……っ！　どうしてそんなものを作った！」

鍠牙は小声で怒鳴り、玲琳の肩を揺さぶった。

「まさか、あなたも死ぬのか？」

「まさか、私は死なないわよ」

「そうか……ならいい」

そこでようやく安堵したらしく、彼は玲琳から手を離した。

「言っておくけれど、お前は死ぬわよ？　蠍の毒はお前に効かないよう調整したけれど、あれは何もしていないから」

「そうか……ならいい」

鍠牙は平然と答えるのだった。

すぐ前にいた従兄其之三にはその会話が全部聞こえていたらしく、膝を震わせながら再び声を張った。

「累！　馬鹿なことを考えるのはやめてくれ！　君が父上や兄上たちを憎んでいるの

は分かってる。彼らが君にしたことは……許されることではないと思う。だが、これ以上手を汚さないでくれ。君は君のままでいいんだ。今のままで十分、君は夕蓮様に似ているじゃないか！」

その叫び声を聞いた途端、累はひきつるような笑みを浮かべた。

「お前だけは……生かしておこうと思ってたわ。私が使用人たちにされていることを、お前がずっと陰から見ていたのは知ってる。それを楽しんでいたくせに、お前は私に同情する顔をしてたわ。お前が一番私に夕蓮様を求めた！　反吐が出るのよ！　この世の誰よりお前を軽蔑してるわ！」

感情が破裂したかのように叫ぶ。

従兄其之三は凍り付いて動けなくなった。

「だからお前だけは生かしておこうかと思ったのよ。誰もいなくなったこの世で、一人で惨めに生きればいい。だけど……ここまで来たなら死なせてあげるわ」

累は一変して倦《う》んだように感情を殺した。片手で碗を摑み、銀の液体を皿に注ごうとする。漆黒の瞳は夜より暗く、もはやあの少女には誰の言葉も届かないだろうと玲琳は思った。

「あ……ダメだわ、止められない」

玲琳は小さく舌打ちし、片手を持ち上げた。

「累を殺すわよ、いいわね？」

傍らの夫に淡々と許可を求める。

累は可愛い。玲琳は従兄其之一、二、三の命より、餓破那の命より、累の命を選ぶ。けれど——鍠牙が死ぬなら話は別だ。玲琳は冷淡な感情で命の選別をした。

「……頼む」

鍠牙は低い声で応じた。

「お行き、あの子を優しく殺してあげて」

玲琳の袖から不気味な鱗を身に纏う蝙蝠《こうもり》が飛び出し、累に襲い掛かった。

それと同時に累の摑む碗がゆっくり傾き、銀の雫《しずく》が零れそうになる。

蝙蝠は素早く宙を飛び、毒が零れる前に累の首筋に牙を立てようとした。

が——その牙が届く前に一人の男が飛び掛かっていた。彼は累の手に納まる碗を叩き落としながら彼女を押し倒す。毒の入った碗は遠くに転がって赤い敷物を銀に染めた。

累に覆いかぶさり、震えるように呼吸をしていたのは餓破那だった。

従兄其之三がその光景を目の当たりにしてへたり込む。

玲琳はとっさに腕を振った。蝙蝠はそれに呼び寄せられて主のもとへ戻ってくる。

毒と蝙蝠の脅威から解放されると、餓破那は怒りに目を吊り上げた。

「累……死ぬ気か？」

倒れる累の顔の横に手をついて問い質す。

「……だったら何？」

ふいっと累は顔を背ける。相手から逃げるように顔を背けるその仕草は、あまり彼女に似つかわしくなかった。

「……お前、私が何をされたか聞いたのね？」

「いいや、聞いてない」

餓破那は一息も置かずに即答した。

「嘘、知ってるんでしょ？」

「知らねえよ」

その答えに累は怒りをあらわにし、彼を睨んだ。

「嘘だ！」

「嘘じゃねえ！　お前が言わないことを俺が知るか！」

お互い喉が裂けんばかりに怒鳴り合う。

「じゃあ……何で来たのよ」

「お前が俺に、助けてって言ったからだ」

「……そんなこと、言ってない」

心当たりがないのだろう、累は眉根を寄せる。

「言った。最初に会った時、最初に目が合った時、お前は俺にそう言った」

言ってない——と、累は言わなかった。放心したように餓破那を見上げている。

「俺は……夕蓮に復讐すればお前も救われるんだと思ってた。そうじゃなかったって言うんなら、どうやったらお前を救えるんだ？　お前は本当に、こいつらと心中したかったのか？　俺は止めるべきじゃなかったのか？」

餓破那は厳しい顔で問い質した。倒れたまま覆いかぶさる彼を見上げていた累は、かなり長いこと黙っていたが、乾いた唇を開いてかすれた声を出した。

「私は……自分が何者なのか分かりません」

いつもと違う口調に、一同は怪訝な顔をする。追い詰められて正気を失ったのではないかと危ぶんでしまう。

「わ、私は生まれた時から私ではありませんでしたので……ずっと……ずっと……自分がニンゲンである気がしませんでした。私を私として認識してくれる人はこの世に一人もいませんでしたので……自分が何なのか分からなかったのです」

いささかたどたどしいしゃべり方で、累は言葉を紡いだ。無感情に語るその様は、妙に幼く、酷く危うい。

「私を初めて私として扱ったのは、私を襲った盗賊でした。私は……その盗賊と出会って初めてニンゲンになりました。あなたが私をニンゲンにしてくれたのです」

その言葉を聞いて、今度は餓破那が呆然とした。

「ですが……あなたが彼女に囚われていることは知っています。三十年間ずっと、あなたは夕蓮様のことだけ考えて生きてきたのですから、私がそこに入る隙は無いと知っています」

累の唇が震え、歪んだ眼から涙があふれた。それを見せまいとするかのように、累は自分の顔を手で覆った。

「それでも……私を助けてくれるというなら……どうか……私と一緒に死んでください……」

言葉の最後はかすれるようにして消えた。

「……それで救われるのか？」

諦めのような覚悟のような声で餓破那が聞き返した。

「……私を助けて」

とどめの言葉を聞き届け、累に覆いかぶさっていた餓破那は彼女から離れた。

敷物に零れた銀の毒に目をやる。

「それは使わせないわよ」

黙って見ていた玲琳は即座に口を挟んだ。

「その毒を使われると私の夫が死んでしまうの。だから使わせない。その代わり、お前たちを苦しまずに死なせてあげるわ」

と、玲琳は肩に止まっていた蝙蝠の翼を撫でた。

「この子の毒なら楽に死ねる。私に呪殺を依頼しなさい」

餓破那は倒れたまま起き上がろうとしない累と、玲琳の肩に止まる異形の蝙蝠を見比べ、居住まいを正して少し頭を下げた。

「蠱師殿、あんたに呪殺を依頼する。俺と累を殺してくれ」

玲琳はその依頼を受け一度目を閉じた。一瞬の間に、累と過ごした短い日々のことが頭を巡った。ほんの少し腹の底が痛むような気がしたが、目を開けた時にはもうその痛みは消えていた。

肩口の蝙蝠に囁く。

「あなたは私の夢の鍵。私の生んだ毒の寝床。あなたの毒で彼らに幸福な夢を――むがっ！」

蝙蝠に命じている途中、玲琳は背後から鍠牙の大きな手で口を塞がれた。玲琳は驚き文句を言おうとしたが、彼はかなり厳重に玲琳を押さえていて、まともに言葉が話せない。

「おあえあうおいえうおぉ!!」

「変な声だな、姫。お前何をしているのよ——とか言いたいのか？」

彼は的確に玲琳の文句を聞き取った。

玲琳はますます腹が立ち、完全に心が乱れて蠱術を使うどころではなくなった。

鍠牙は玲琳をがっちり押さえ込んだまま、死を覚悟した男女に目を向ける。

異変に反応して累がゆっくりと起き上がった。生気のない虚《うつ》ろな瞳。

「蠱師殿を放してくれ」

餓破那が険のある口調で要求する。

「妃をお前たちの痴話喧嘩に巻き込むのはやめてもらおうか」

「あんた……どういうつもりだ」

「悪いが、俺はこれでも一応曲りなりにもこの国の王だ。無辜《むこ》の民が意味もなく命を落とすのは忍びない」

「無辜の民だと……？」

餓破那は馬鹿げていると言いたげに表情を歪めた。

「俺たちが何をしたか——」

「彪家の当主は気の毒だった。事故で亡くなるとは誰も予想していなかっただろう」

「おあえあうあ！」

この男まさか——玲琳はまた声を上げたが、鍠牙の手は全く緩まないのだ。

「分かったから少し静かにしていようか」

彼は腕の中の玲琳を適当にあしらい、話を続ける。

「それ以外には何かあったか？　盗賊行為？　妃に強制されたと聞いて申し訳なく思っている。彼女の代わりに謝罪しよう。妃のせいで捕らえられた仲間たちも解放してやらねばならんな」

「あんた……本気か？」

信じられないというように餓破那は呟く。

「残念ながら、ありもしない罪でお前たちを裁いてやるほど俺も暇ではない。好きなところへ行って好きなように生きてくれると助かる」

突然の話に餓破那は混乱していた。

困惑する彼の横で呆けていた累が、やおら鍠牙を見上げた。

「私のことも裁かないつもり？　兄様」

ひんやりとした声が室内に響く。

「——お前は誰だ？」

鍠牙は心底理解できないと言いたげに、眉を寄せてそう聞き返した。

「は、あ……？」

何を言われたのか理解できなかったのだろう。累は目をしばたたかせた。部屋の薄明かりがその瞳にちらちらと映る。

「俺の妹は一年前に死んでいる。お前のような小娘など知らんな」

鑵牙は冷たく切って捨てた。累の口がぽかんと開いて、似合っているとはいいがたい間抜け顔になる。

「どこへでも行け。お前をこの屋敷へ留める者は一人もいない」

「あんた、俺と累を本気で見逃すのか？」

念を押されて鑵牙は忌々しげに頭を掻《か》いた。

「お前たちがどう生きてきたか俺は知らん。どれだけの不幸を背負っているかもな。だが——あの女の息子に生まれるよりも不幸な身の上だと思うなら、どこかの山奥で勝手に身投げでもしてくれ。俺の妃の心に触るな」

たちまち餓破那と累の眼差しが変わった。有体に言えば同情という色に。

「そうか……あんたと彼女は生涯切れない縁で結ばれてるんだよな」

「まあそういうことだ」

鑵牙は肩をすくめてようやく玲琳を解放した。

「お前……鼻から毒蜘蛛を入れてほしいの？」

玲琳は恨みがましく鑵牙を睨んだが、鑵牙は特に嫌がる風もなく頷く。

「まあ鼻血が出ない程度で頼む」

王と王妃のおかしなやり取りを見ていた餓破那は、そこで累に向き直った。

「累、俺たちと一緒に来るか?」

「……いや」

累は慄《おのの》いたように首を振った。

「そうか、嫌か。じゃあ仕方ないな……」

と、彼は嘆息し、累を無理やり抱き上げた。子供を抱っこするように抱えられて、累は身をよじる。

「嫌! 放せ! だってお前は彼女のことが……」

「それでも、俺はやっぱりお前を死なせたくないんだよ。どうしても……無理だ。だから一緒に生きてくれ。俺たちがあの女を忘れるために、お前が必要だ。お前がわーわー喚いて、我が儘言ったり、乱暴したり、暴れたりするのを見てる時だけ、俺らはあの女を忘れてたよ」

「……私は彼女にそっくりなのに?」

それを聞いて、玲琳と鍠牙は同時に言っていた。

「お前は夕蓮に似ていないわよ」

「お前は夕蓮に似ていないぞ」

言われて累と餓破那は顔を見合わせた。

「……まあ、あの二人の意見は少数派だと思うが、俺にとって累は累だよ」

途端、累は綺麗な目から大粒の涙をこぼした。

「この……腐れ盗賊っ！」

泣きながらそう叫び、餓破那の首に抱きついた。

餓破那はあやすように累の背を撫で、鍠牙の方を向く。

「本当に行っていいのか？」

鍠牙は無言で手を振り、どうぞご勝手にという仕草をする。

餓破那は血の色をした部屋を最後にもう一度ぐるりと見やると、累を抱きかかえたまま出て行った。

「俺たちも帰るとしようか」

彼らがいなくなると、鍠牙がため息まじりに言った。

「そうね……この男たちのことはどうしようもないでしょうからね」

玲琳は眠っている従兄其之一と其之二、そして放心している従兄其之三を順に眺め、そう答えた。

玲琳が彼らにできることは何もなかろう。そして、何かをしたいとも思わなかった。

「帰りましょう」

そうして王と王妃は屋敷を後にした。

騎馬で帰る道すがら、馬をゆっくり歩かせながら玲琳は何げなく言った。

「お前が累を生かしてやるとは思わなかったわ。だってあんなに嫌っていたから」

「それは姫の勘違いだと何度言ったら分かるんだろうな」

鍠牙はやれやれという顔を作る。

「勘違いなどではないわよ。だって……累はお前にそっくりだもの」

言った瞬間、鍠牙の表情が仮面のように固まった。

玲琳は隣で馬を歩かせる鍠牙ににやりと笑いかけた。

「表に出すか出さないかの違いはあるけれど、感情の動かし方がそっくりだわ。それに……人の憎み方もよく似ている。お前と累はよく似た毒の匂いがするの。だからお前はあの子が大嫌いで、私と会わせたくなかったのよね？」

玲琳が彼の毒に惹《ひ》かれていると知っている鍠牙は、玲琳を妹にとられることを恐れたのだろう。

「お前は本当に……本当に自分が嫌いね」

自分が嫌いで、人が嫌いで、世界が嫌いな鍠牙。

それなのに、彼は玲琳が死を与えようとした累と餓破那を救った。

「お前は自分が嫌いだから、累のことは見捨てると思ったわ」

「自分で勝手に死ぬ分には構わんがな。あなたに累を……人を殺させたくなかった」

「手を汚させたくなかったの？　優しいわね」

彼らしからぬ答えに、玲琳はくすっと笑った。優しいと評したのはささやかな嫌味《いやみ》だったかもしれない。

月のない道を、二頭の馬は王宮へと帰って行った。


王宮へ戻ると、衛士たちが立っている門扉の前に葉歌と新米女官が待っていた。

彼女たちは王と王妃の帰還に気づくと、顔を輝かせる。

玲琳は葉歌を連れていかなかった。今の彼女がどういう思惑でどういう行動をとるのか玲琳には分からなかったから、ここにいるよう命じたのだ。

もっとも、葉歌が本当に玲琳の言いつけを守っていたかどうか確かめるすべはない。尾行されたところでその存在に気づくことも出来ないだろう。

ともあれ葉歌は、ここに残っていたという態度をとるつもりのようだった。

「心配させたわね」

玲琳は馬を下りて軽く微笑み、王宮の中へと入っていった。

「お妃様、ご無事でよかった」

玲琳の後に続いて厩舎《きゅうしゃ》へ向かいながら葉歌が安堵の声を漏らす。

「累姫様はどうなさったんですか？」

聞かれて玲琳は一考し、彪家の屋敷であったことを最初から最後まで教えてやった。

馬を繋ぎ、後宮へ戻り、近道して庭園を歩く。その間ずっと話し続けた。

葉歌は感心したように黙って聞いていたが、その隣にいた新米女官がふと口を挟んできた。

「お妃様は……それでよかったのですか？」

玲琳は立ち止まり、振り返る。

「どういう意味？」

「お妃様は蠱師なのですから、本当は依頼を完遂して人を呪殺したかったのではありませんか？」

それを聞いた玲琳も、先頭を歩いていた鍠牙も、緊張の面持ちで佇む葉歌も、一斉に黙り込んで夜の庭園はしんと静まり返る。

新米女官は静謐《せいひつ》な瞳で玲琳を見ている。

玲琳はそんな彼女を見つめ返し、そこに確かな覚悟を認めてくっと笑った。

「そういうお前は私を殺さなくていいの？」

「……どういう意味でしょう？」

しらばっくれる彼女に、玲琳は人差し指を立てて一を示してみせる。

「最初におかしいと思ったのは、累が宿場町で姿を消した時。あの後、累を捜して山へ向かった私と葉歌を、累の従兄が追いかけてきたわ。あの男は、私が山へ向かったと聞いた――と言っていた」

続けて二本目の指を立てる。

「次の異変は、葉歌が私の命を狙うのをやめたこと。葉歌に、私を殺すなと命令した者がいるわ。葉歌に命令を下せる人間は限られている。少なくとも魁の王都には今まで存在しなかった」

そして三本目の指が伸びる。

「もう一つ、盗賊たちが夕蓮を蠱師とみなしていたこともおかしなことよ。私と鍠牙以外でそれを知る者は、数えるほどしかいないわ。無論、山奥に籠っている盗賊たちが知っているはずはない」

とうとう指は四本になった。

「そしてさっき、累が王宮から逃亡したのも不自然よ。どうしたって、あの子が人の手を借りずに王宮から出られるはずはない。逃亡した累は、私から盗んだ毒で心中しようとしたわ。累は私が作った毒の中から、最も強力な組み合わせを的確に選んだ。そんなことを累が知っているはずはないのに」

最後に玲琳は手を下ろした。

「盗賊と王女だけでは成しえないことを彼らはしていた。つまり――盗賊たちには共謀者がいたということ。蠱術の知識を持っていて、盗賊たちの復讐に蠱毒を使うよう唆し、盗賊の一味だった累とも手を組んで私たちを翻弄し、葉歌に命令することができた人物。その共謀者はお前よね？」

問われた新米女官はほんの少し首をかしげた。

「何故私だと思うんです？」

「ずっと同行していたお前以外にそれを実現できる人間はいないわ。あの従兄と宿場町の宿屋に残っていたのも、さっきまで累に付き添っていたのも、お前だけよ」

新米女官は感心したように小さく息を吐いた。玲琳はそんな彼女に微笑みかける。

「お前を待っていたわ。だって私は、お前たちに宣戦布告しているもの。いつ殺しに来るかとずっと待っていたのよ。蠱術の知識を持っていて、葉歌に命令することができて、私を陥れる動機がある人間――お前は蠱毒の民でしょう？」

問い質された新米女官は静かに微笑んだ。傍らの葉歌は息を殺して身じろぎもせず佇んでおり、鍠牙も黙って彼女を見つめていた。

新米女官は突然膝を折り、地面に跪いた。

「あなたの想像通りですよ、玲琳。私は蠱毒の里の蠱師。盗賊たちを唆し、王太后夕蓮の毒殺を企て、森羅《しんら》に手引きさせ、あなたをこの事件に引きずり込んだ。全て私がやりました」

臆病な女官の面影が消え、そこにいるのは一人の蠱師だった。

蠱師は「お妃様」ではなく「玲琳」と名前で呼び、強い目で玲琳を見上げた。

「いったいどうやって私を殺すつもりだったの？」

玲琳は問い質しながら鼓動が速まる。蠱毒の里の蠱師……生まれて初めて目の当たりにした。母は蠱師だが、蠱毒の里とは縁を切っていたから、厳密に言えばこれが初めてであるはずだった。

まじまじとその姿を観察してみると、蠱師は緩く首を振った。

「いいえ、私はあなたを殺すために来たわけではありません。あなたが——人を殺せるかどうかを確かめに来たのです」

「……なんですって？」

予想もしていなかったことを言われて玲琳はぽかんとした。

「玲琳、あなたはかつて斎の皇帝を殺す毒を作った。けれどそれは愛する姉の命令を聞いただけで、蠱師としての役目をこなしたとは言い難い。あなた自身が呪殺を行ったわけでもない。あなたが本当に蠱師として依頼に従い人を殺せるのか……私はあなたの器を確かめに来たのですよ。あなたの周りは徹底的に調べました。里には調べものに向く術を使える者もいますからね。盗賊たちの存在を見つけることができたのは運がよかった」

「何のためにそこまで調べたの？　私の器を確かめた上で、私を殺すということ？」

「まさか。あなたを殺す意思はありません。我々蠱毒の民は……玲琳、あなたを一族として迎え入れたいと思っています」

今度こそ玲琳は絶句した。想定外すぎて反応できない。

「あなたは里長《さとおさ》の孫娘で、胡蝶《こちょう》の娘。その血を受け継ぎ、心を通わせた妹を殺す意志さえ見せました。子が生まれなくなっている蠱毒の里を、救う存在になりうる」

「あ……やっぱり覗いていたわね」

まともに頭が働かないまま呟いていた。葉歌が気まずそうにさっと目を逸らした。

「玲琳、あなたは蠱師です。蠱師として……人を呪いたくはありませんか？　あなたは本当に、王妃として生きることに満足できていますか？　私は今この場所で、ただ一人あなたを理解できる存在です。蠱術に魅入られた蠱師は、人を呪わなければ生きてゆけない。あなたの今の生き方は、蠱師の生き方ではありません」

断言され、玲琳はかすかに目を細めた。

「そこまで言うなら、お前は私より優れた蠱師なのでしょうね」

「私はあなたより長く修練を積んでいて、あなたより遥かに多くの蠱術を知っていると思いますよ。ただ、あなたの力には及ばないでしょうね。蠱師は血が全てです」

「その理屈で言うなら、お前たちの里長が最も強い蠱師だということかしら？」

「さあ……どうでしょうね。蠱毒の民はあくまで斎の蠱師の一系統に過ぎません。蠱毒の民以外にも、この世には数えきれないほど多くの蠱師がいますから、最も強い蠱師を決めることはできないでしょう。ただ……私は里長より強く怖い蠱師を今までに見たことはありませんが」

さらりと言われ、玲琳は全身が粟立《あわだ》った。思わず口元が緩みかける。全力で走ったみたいに全身が脈打っている。

蠱毒の民を知って、玲琳は初めて退屈という感情を知った。

この蠱師たちに命を狙われることはどれだけ甘美で恐ろしいだろうと、あれからずっと待ち続けていた。

待って待って待ち続けていたのに、彼らが玲琳を殺しに来ることはなかった。

手の届かぬ憧れの何かに手を伸ばすような気持ちで、玲琳は退屈を噛みしめていた。

しかし今目の前に、それがあるのだ。

この世で最も強い蠱師と信じていた母よりも強い蠱師が、この先にいるのだ。

その誘惑は目も眩《くら》むほど甘く、玲琳は手を伸ばしたい衝動にかられた。

しかし、その誘惑を断ち切るように、ダンッ！　と強い音が鳴った。成り行きを黙って見守っていた鍠牙が、腰に吊っていた剣を鞘《さや》ごと地面に突き立てていた。

玲琳は意識を引き戻されて彼の方を向いたが、行動に反して鍠牙の表情は落ち着いていた。

「姫、俺はこういう日が来ることを恐れていた。だからあなたに人を殺させたくなかったんだ。あなたの手を汚させたくなかったわけじゃない。ただ……蠱師として依頼を受けてそれを完遂したら……自分の作った毒で人を殺したら……あなたはそれにのめり込むと思った」

鍠牙がそんな理由で累を救ったとは思ってもいなかった玲琳は、驚いて蠱毒の里への誘惑を瞬間忘れた。

玲琳を誘惑していた蠱師も、その言葉を聞いて表情を変えた。今までの冷徹な職人のごとき表情が一変し、唖然としているように見える。

一同の驚きを無視して彼は淡々と続ける。

「王妃でいるのは退屈だろう。いくら与えられても、贅沢しても、人を救うだけでは蠱師の欲求など満たされないだろう。あなたは命を尊んで、何より大切にしている人だから……毒と死に惹かれるんだろう。俺はあなたにそれを与えてやれない」

その言葉を聞いて玲琳はどきりとした。

「まさかお前……私が蠱師でいるのが嫌なの？」

興奮とは違う感覚で鼓動が速まる。玲琳の中に突如生じたのは、彼を失うかもしれないという恐怖だった。鍠牙がもし「そうだ」と言ったら——玲琳は彼への興味を失ってしまうに違いない。その瞬間、自分は彼を失うのだ。

鍠牙は聞き返されてかすかに首を捻り、

「いいや、あなたは蠱師で、俺の魔物だ。あなたがただの女になることを俺は求めない。これからも、あなたは蠱師でいればいい。だが……この国を捨ててあなたが蠱毒の里へ行くというのなら……」

そこで躊躇うように重い間を挟み、

「俺も国を捨ててあなたについて行くことになる」

固唾をのんで聞き入っていた一同は完全に絶句した。

鍠牙は真剣な顔でなおも続ける。

「王が勝手にいなくなれば、さすがに民が困るだろう。それはあまりに気の毒だとは思う。だから、あなたがここにずっといてくれれば助かるが……どうしても行くというなら、まあ仕方がない。一緒に行こう」

玲琳は目を真ん丸くしてぽかんと口を開けた。

「……お前がついてくるのが前提なの？　王が国を捨てるつもり？」

「は？　当たり前だろう？　何故捨てないという選択肢があると思うんだ？」

彼は馬鹿げていると言わんばかりに言い返してきた。

「俺はあなたの一番気に入りの毒なんだろう？　毒が蠱師のもとにあるのは当然だ。あなたは、俺を捨てることができると思ってるのか？」

自分が嫌いで、人が嫌いで、世界が嫌いで――玲琳のことだけが好きな鍠牙。

彼が玲琳と国を天秤《てんびん》にかければ、どちらに傾くのかは分かりきったことだった。

他ならぬ玲琳が、彼をそのようにしてしまったのだ。毒の結晶だった彼を、毒のまま熟成させてしまった。

「お前は……馬鹿ね」

玲琳は心底呆れた。

「馬鹿じゃないとでも思っていたのか？」

鍠牙はやはり真顔だった。

玲琳はその顔をしばし呆れながら眺め、一度大きく深呼吸して蠱師に向き直った。

「お前たちの里長は、この世で最も強い蠱師なんでしょうね。けれど……この世で最も強い毒を手に入れたのは私よ。私の蠱の持つ毒が、この世で一番強い毒」

満足そうな笑みを浮かべ、鍠牙の腕に触れる。この男こそが、玲琳の所有する最強の蠱に違いない。

「だからお前たちとは行かないわ」

静かに結論を出した。

「……そうですか。では、あなたは我々の敵――ということですね？　玲琳」

「そういうことよ」

「分かりました。里長にはそのように伝えましょう」

「ええ、よろしく頼むわね」

「……ずいぶんのんきに笑っていますが、いずれ思い知ることになりますよ。あなたは今、この世で最も恐ろしい蠱師を敵に回した」

冷徹なその言葉を聞き、玲琳はまたぞくりと震える。

「ええ、楽しみにしているわ」

にいっと笑うと、蠱師はあっさり踵を返した。

「さようなら、玲琳」

一言別れを告げ、静かに王宮を立ち去る。

遠くの空が白み始め、夜が明けようとしていた。

終章

翌日、玲琳はいつものように夕蓮が幽閉されている離れを訪れていた。

「お前という女は、本当にどうにかならないのかしらね。その無駄に垂れ流した魅力だか何だかよく分からないものを、少しは隠しておけないの？」

離れの外で壁に背を預けて座り込み、玲琳は文句を言った。

「そんなこと言われたって〜、自分じゃ分からないもの」

退屈を持て余す化け物はくすくすと笑う。

「まあいいわ、どんなに退屈だろうとたかだか百年、あと少しだから耐えなさい」

「分かってるってば。だからなんにもしてないでしょ？」

「本当に？　私が留守の間、鍠牙を虐《いじ》めたりしなかったでしょうね？」

玲琳は後ろ手でコンと壁を叩いた。

「うふふ……少しだけね」

「やっぱり……」

「ごめんね。だけどもうしないわ。だって……何をしたところでやっぱり私を殺してくれる人はいないんだもの。私を恨んでたその盗賊たちだって、三十年かけても私を殺せなかったんでしょう？　だからもう諦めてるの。ちゃんと百年我慢するわ。私を殺せる人はもう死んじゃった……」

声に寂しさが混じるのはきっと本心なのだろう。夕蓮は基本的に嘘を吐かないし、人を愛する心だって持っている。ただ、絶望的に化け物であるというだけなのだ。

今だって、ここまで彼女の退屈を知ってなお、玲琳は夕蓮を殺す気持ちになれない。玲琳は彼女が好きで、彼女が死ぬことを望んでいない。

「お前は可哀想ね」

玲琳はあまり使わぬ言葉を使って夕蓮を評した。

「あら、そんなことないわ、可愛い息子と娘が毎日会いに来てくれて、みんなが私を愛してくれて、私……毎日とっても幸せなんだから」

夕蓮は微笑むような声でそう言った。きっと花のような笑みを浮かべていることだろう。この世の誰もが引き寄せられずにいられない、毒の花のような笑みを……

「鍠牙、私は最近の自分を恥じたわ」

その夜、玲琳は鍠牙の部屋の寝台で正座し、反省の意を込めて告げた。

「あなたの言うことはいつも大体唐突でわけが分からないな。何を恥じた」

鍠牙は玲琳の傍らに腰かけて先を促す。

「退屈を持て余していた自分を」

自分でもあんな気持ちになることがあるのだと、玲琳は学んだ。

「毒はこの手で産み育ててこそ愛おしいのに、ただ与えられるのを待っていたなんて……まるで無能な姫君のようだったわ」

「そうか……話を聞いてもやっぱりわけが分からないが、解消できたならよかった」

「ええ、自分の手で解消するべきよね。だからこれから子を作りましょう」

たちまち鍠牙は固まり、痛そうに頭を押さえた。

「繋がりが……よく分からんぞ。俺の記憶は今飛んだか？」

「自分の子を産むかと聞いたのはお前の方でしょう？　私は前に、この国と蠱術のため子を産みたいと言ったけれど……そんなのは欺瞞《ぎまん》だったわ。どれだけ自分を欺いたところで、私は欲望のままにしか生きられない。私はただ……お前の毒を産みたいだけなんだわ」

真摯に訴えた玲琳に、鍠牙はどういう表情を返せばいいのか分からなかったのだろう。不安定に様々な表情を浮かべ、うすら寒い笑みを選んだ。

「そうか……まあ確かに、俺は姫がゴキブリでも可愛いし、どんな姿であろうと愛せる自信がある。姫はもう子供には見えないし……子を作るには何の支障も……」

そこで彼は笑顔を保ち切れず表情を崩した。そんな風にしくじった彼を見たのは初めてで、玲琳は目を見張った。

「俺の血を引く子か……気味が悪いな」

そんなことを言いだす。玲琳は益々驚いた。

「お前、子供が嫌いだったかしら？」

彼はすぐさま自分の過ちに気づいたらしく渋面になる。けれどそれ以上隠し通そうとはしなかった。

「……子供は嫌いじゃないが、自分の血が残ると思うと怖い。可愛がれる自信がない。どんな風に愛されるのが正解か、俺にも分からないのに」

苦々しく吐き出す彼の頭を占めているのは、まぎれもなく子供のころ実の母から毒を飲まされた記憶だろう。玲琳は励ますように言った。

「大丈夫よ。お前が愛さなくても私が愛するわ。父親の愛がなくとも子は育つものよ。私もお父様には愛されなかったけれど、お母様がいたから寂しいとは思わなかったわ。だから、お前が子を愛する必要はないのよ」

「……それは慰め方としてあまりに酷いと言っておこうか。そもそも姫は、本当に生まれた子を愛せるのか？」

「もちろんよ。産んでいなくとも分かるわ。お前の毒を受け継ぐ男の子なら、この世の何より悍《おぞ》ましくて可愛いに決まっている。私の血を受け継ぐ女の子なら、この世の何より強い蠱師になることでしょう。心配することはないわ」

玲琳はうっとりと頰を染めた。

「……心配しかないな」

鍠牙はげんなりと肩を落として呟いた。

「だが……そうか、俺に似ない女の子という可能性もあるのか……。それは……悪くないかもしれんな」

何を想像したか、独り言を言っているうちに悪かった血色が戻ってくる。

そんな彼を見て、玲琳はふと思った。

「もしかすると、この世に『普通の恋』などというものは存在しないのかしらね」

「何だ、急に」

鍠牙が怪訝な顔で聞いてくる。玲琳の脳裏には様々な光景が思い浮かんでいた。

盗賊と逃げた少女……馬を恋人にした姫……義姉に焦がれた義妹……姉に溺れた弟……この世のあらゆる者の愛を喚起する化け物……そして妻に魔物であることを求める男……恋とは……恋とは……？

「ずっと考えていたの。『恋』というのは『異常』と同義じゃないかしら。心も体も純潔から最も遠くて、『正常』の真逆にあるもの。だとしたら、毒に穢れた蠱師の血以外は心も体も純潔そのものの、常識人たる私にできるはずもないわ」

真剣に考える玲琳を見て、鍠牙が呆れまじりに苦笑した。

「なるほど……では常識人の姫よ、その純潔を捨てても構わないと？」

揶揄するような探るような問いかけを受け、玲琳はそっと手を伸ばす。

「ええ、私は恋に穢れることはできないけれど、毒なら全て受け入れられる。お前の毒で私をもっと穢してちょうだい。お前の毒を産みたいわ」

彼はその手を取り、口元に押し当てながら何か想像するように玲琳を見つめた。

「あなたに似ているなら……きっとこの世で一番可愛い魔物となって、あなたと同じように俺を苦しめてくれるだろうな。よし、子を作るか」

毒を秘めた目でにいっと笑う。

「お前は本当に……済度し難い男ねえ」

玲琳はそう呟いて、からかうように笑い返した。

静かに夜が更けてゆき、窓の外には白い月が浮かんでいた。

外伝　泥中の蓮

男がその娘を選んだのは、男の意思ではなかった。

自分が周囲から退屈な男だと思われていることは知っていた。それゆえ家柄が合うというだけの理由で無理に妻を得ようとは思わなかったが、何しろ男は一国の王だったので、いつまでも独り身でいることはできなかった。

妹を助けてほしいと、ある日忠臣の一人に縋《すが》られた。妹は化け物で、うちではもう抱えきれないと泣きつかれた。

忠臣があまりにも気の毒で、男は彼女を娶ることに決めたのだった。

鬼のような娘が嫁いでくるかと思えば、実際会った彼女は何の変哲もないただの少女だった。

男は政以外に関心がなく、自分の存在は国を維持するための機能でしかないと考えていたので、そもそもどのような女が妃になったところでさして問題はないと思い、己の妃に関心を抱かなかったのだ。

個として愛されることに意味を見出《みいだ》せない。ただ、王としての役割を果たすために生きていたい。そのことでしか充足感を得られないのだ。

そんな男の妻となった彼女は、不思議なほど人に愛される女だった。他の人々は臣下も血族も敵対するはずの側室でさえも、みな彼女の虜になった。

不思議な女だなと思った。思ったが、ただそれだけだ。こういう自分はさぞかし退屈な男と思われているだろう。こんな男に嫁いだ彼女は気の毒だ……男はそう考えるのだが、彼女はいつも楽しそうにしていた。

「私の周りにいる人はね、みんな私を好きになるのよ」

ある日彼女はそう言った。

「みんなみんな私のことが好きすぎて、死ねと言えば死ぬし、殺せと言えば殺しちゃうの」

なるほどこういう類の化け物かと男は納得した。彼女の家族はその多くが不審な死を遂げている。

「それはずいぶん退屈だろうな」

男は淡々と答えた。男はこの国で最も上に立つ人間であるはずだというのに、人を思い通りに動かせたためしはついぞない。人を動かすほど難しいことはない。

すると彼女は目を真ん丸くして、いつも浮かべている春日の笑顔を消し去った。

「……生まれた時からずっとそうだったのよ。私の思い通りにならない人なんて一人もいないの。この世は私のために用意されているみたい。だけどそれって……ただのお人形遊びとおんなじね。私は生まれた時からずっと一人でお人形遊びをしてるのよ。この世に一人で生きているのと何が違うのかしら。私……今まで一度もニンゲンに会ったことがないんだわ」

「そうか、それは孤独だな」

男はまた淡々と答えた。全てが思い通りになる世界というのは、恐怖を感じるほどに孤独で退屈だろう。

その日から、彼女はおかしなくらい男に付きまとった。

「だってあなたが好きなんだもの。私は私が一番好きだけれど、あなたのことがその次に好き」

理由を聞くと彼女はそう言う。特に何もしてやっていない自分が何故好かれるのか男にはよく分からない。

彼女は兄が恐れていたように人の命を弄ぶようなことはしなかったし、後宮を平穏に保っていた。誰からも愛される最良の妃。

それが間違いだったと気づくのに、十年以上の歳月がかかった。

彼女は息子に毒を飲ませた。そして毒を飲ませた相手ではないはずの次男が死んだ。

男が戦で長いこと国を空けていた間の出来事だった。

「退屈だったから……だから面白いかなと思ったの」

彼女は花のような笑みでそう説明した。

「あなたが戦に負けて、死んでしまったら……って想像したの。楽しいことを探さないと、退屈で退屈で生きていけないわ」

男は自分が間違っていたとようやく悟った。彼女は確かに化け物だった。

「お前は……くだらない女だな。同じことを今度やったら離縁する。その代わり、おとなしくしているなら、いずれ私がお前を殺してやる。退屈で生きていけないんだろう？　私が解放してやる」

すると彼女は目を真ん丸くして男を見つめた。

「本当に？　本当に殺してくれるの？　あなたは私を殺せるの？」

「私はお前という個に興味がない。殺してやるから二度と馬鹿げた悪さはするな」

「……それならもうしないわ。あなたがいてくれるならしない。その代わり、私をちゃんと殺してね」

宝物を抱きしめるように握った拳を胸に当て、彼女は嬉しそうに笑った。

その名の通り、夕べに咲く蓮のような微笑みで。

――本書のプロフィール――

本書は書き下ろしです。

小学館文庫

蟲《むし》愛《め》づる姫君《ひめぎみ》の純潔《じゅんけつ》

著者　宮野美嘉《みやのみか》

二〇二〇年八月十日　初版第一刷発行
二〇二〇年九月十四日　第二刷発行

発行人　飯田昌宏
発行所　株式会社 小学館
〒一〇一-八〇〇一
東京都千代田区一ツ橋二-三-一
電話　編集〇三-三二三〇-五六一六
販売〇三-五二八一-三五五五
印刷所――――図書印刷株式会社

この文庫の詳しい内容はインターネットで24時間ご覧になれます。
小学館公式ホームページ　http://www.shogakukan.co.jp

ISBN978-4-09-406801-6

さくら花店　毒物図鑑

宮野美嘉

イラスト　上条衿

住宅街にある「さくら花店」には、
心に深い悩みを抱える客がやってくる。それは、
傷ついた心を癒そうと植物が呼び寄せているから。
植物の声を聞く店主の雪乃と、樹木医の将吾郎。
風変わりな夫婦の日々と事件を描く花物語！